| 이 편지는 저의 기도이며, 저의 힘입니다 |

소 알로이시오 신부의 기도

| 이 편지는 저의 기도이며, 저의 힘입니다 |

소 알로이시오 신부의

기도

소 알로이시오 신부 지음

책으로여는세상

차례

여는글 _ 소 알로이시오 신부와 그의 영적 어머니 젤뚜르다 수녀

소 알로이시오 신부의 기도

부록 _ 소 알로이시오 신부의 특별한 여행

소 알로이시오 신부와
그의 영적 어머니 젤뚜르다 수녀

이 편지는 저의 힘이며
저의 기도입니다

(1898~1991)

(1930~1992)

평생을 가난한 사람들을 위해 살다 간 소 알로이시오 신부는 기쁨과 고난의 순간이 찾아올 때마다 그의 영적 어머니 젤뚜르다 수녀(Sr. Mary Gertrude)에게 편지를 보내 기도를 부탁했다. 1981년부터 1990년까지 소 알로이시오 신부가 보낸 편지는 모두 55통이며, 이 책은 그 편지들을 한데 모아 엮은 것이다.

10년에 걸친 소 알로이시오 신부의 편지를 잘 간직해온 젤뚜르다 수녀는 선종하기 전, 이 편지들을 마리아수녀회에 전해 달라고 유언하였고, 그 이후로 마리아수녀회가 보관해 오다가 이번에 책으로 엮게 되었다. 하지만 아쉽게도 젤뚜르다 수녀가 소 알로이시오 신부에게 보낸 편지는 남아 있지 않아 함께 싣지 못했다. 부디 이 책을 통해 많은 분들이 마음의 깊은 위안과 용기를 얻을 수 있기를 간절히 기도한다.

젤뚜르다 수녀의 삶과
소 알로이시오 신부와의 만남

　메리 젤뚜르다 수녀는 1898년 2월 27일, 벨기에 메르브 르 샤또 (Merbes le Chateau)에서 태어났다. 그녀에게는 두 명의 오빠와 두 명의 언니가 있었는데, 언니 중 한 사람은 로마에 있는 성모수녀원(The Madonna Monastery)의 맨발의 가르멜 수녀였으며, 1946년에 선종했다.

　젤뚜르다 수녀가 세 살 때 부모님은 자녀들의 교육을 위해 수도 브뤼셀로 이사했다. 그리고 1909년 5월, 첫영성체를 한 젤뚜르다 수녀는 그때 처음으로 수도자가 되고 싶다는 생각을 하게 된다. 하지만 1차 세계대전으로 인해 그 소망을 이룰 수 없다가 1919년 6월 24일, 21세 되던 해에 스와니(Soignies)의 가르멜수녀회에 입회했다.
　이듬해 수도복을 받고, 1921년 2월 24일 첫 허원을 했다. 그리고 3년 뒤인 1924년 2월 24일 종신 허원을 하고, 스와니수녀원에서 30년 동안 생활했다. 이 기간 동안 젤뚜르다 수녀는 수련장과 원장의 직무를 맡기도 했다.

　수련 수녀 때 젤뚜르다 수녀는 선교지에 파견되기를 간절히 소망했다. 하지만 기회는 좀처럼 오지 않았다. 그러다가 원장의 직무를 맡고 있을 때, 수녀원을 방문한 가르멜수도회의 마리 유젠느 총원장(Fr. Marie Eugene) 신부와 자신의 선교 소망을 상의하였다.

그리고 얼마 뒤, 유젠느 신부는 서울 가르멜회로부터 한국전쟁 뒤 부산에 새로 생기는 가르멜수녀회를 도와줄 수녀 한 사람을 파견해 달라는 요청을 받게 된다. 유젠느 신부는 곧바로 젤뚜르다 수녀를 생각했다. 그리하여 젤뚜르다 수녀는 새로 생기는 부산 가르멜수녀회로 가기로 결정되었다.

1955년, 오랫동안 마음에 간직했던 소망이 마침내 실현되어 젤뚜르다 수녀는 마산 항구에 도착할 수 있었다. 그녀의 나이 57세 때의 일이다. 그리고 2년 뒤 부산 교구 소속 사제가 된 소 알로이시오 신부를 만나게 된다.

소 알로이시오 신부와
그의 영적 어머니 젤뚜르다 수녀의 우정

소 알로이시오 신부와 오랫동안 깊은 영적 우정을 맺어 온 젤뚜르다 수녀는 알로이시오 신부의 적극적인 지지자였으며, 끊임없는 기도와 은혜로운 편지로 알로이시오 신부를 격려하고 응원하였다.

아랫글은 소 알로이시오 신부가 루게릭병으로 임종하기 직전에 쓴 책 『조용히 다가오는 나의 죽음』 중에서 따온 것으로, 알로이시오 신부와 그의 영적 어머니 젤뚜르다 수녀의 영적 우정이 잘 그려져 있다.

내 안에 선과 덕이 조금이나마 있다면 지금 다룰 주인공인 젤뚜르다 수녀님의 기도와 보속 덕분입니다. 내 인생에서 어떤 성취와 결실이 있었다면 그 또한 젤뚜르다 수녀님 덕분입니다.

　　내가 보기에 젤뚜르다 수녀님은 성인품에 충분히 오를 만한 분입니다. 그러므로 '소 알로이시오식 비공식 시성위원회'의 유일한 위원으로서 나는, 젤뚜르다 수녀님을 성인으로 선포하고, 이 책에서만큼은 젤뚜르다 성녀라고 부르고 싶습니다.

　　1957년, 사제 생활 시작 무렵 만남의 하느님은 내게 부산 가르멜회의 젤뚜르다 성녀와 만나게 해 주셨습니다. 성탄절 날 나는 부산 가르멜회를 방문했는데, 그 자리에서 젤뚜르다 성녀와 처음으로 인사를 나누었습니다. 젤뚜르다 성녀의 나이는 내 나이의 거의 두 배였습니다. 그때 나는 갓 서른을 넘긴 때였고, 젤뚜르다 성녀는 예순 또는 그 이상이었습니다.

　　그녀는 하느님의 영에 감동을 받아 나를 당신의 영적인 또는 정신적인 동생으로 받아들였습니다. 그리고 루가 복음에 나오는 예언자 안나처럼, 한국 가르멜회라는 광야에 숨어 30년 이상 나와 나의 많은 사업을 위해 밤낮으로 기도하고 단식하며 희생하고 보속했습니다.

　　1962년 들어 나는 젤뚜르다 성녀의 영적인 도움을 많이 받았습니다. 당시 나는 최재선 주교님(당시 부산 교구장)의 이름으로 미국에서 모금 운동을 하고 있었는데, 미국 주교님들이 이를 못마땅하게 여겨 포교성성 장관에게 불만을 털어놓았습니다.

포교성성 장관이었던 아가지아니안 추기경은 최재선 주교님에게 편지를 보내 모금 운동을 그만둘 것을 명령했습니다. 물론 우리는 그만두지 않았습니다. 그러자 두 달쯤 뒤 교황청으로부터 모금 운동을 즉시 중단할 것을 명령하는 강력한 어조의 전보가 최 주교님 앞으로 날아들었습니다.

최 주교님과 의논한 뒤 나는 로마로 가서 직접 호소하기로 마음먹었습니다. 하지만 당시만 해도 이 불가능한 임무를 해 내야 할 것을 생각하니 마음이 여간 착잡하지 않았습니다. 그리하여 로마로 떠나기 전 젤뚜르다 성녀를 만나 영적인 협조를 부탁했습니다.

나는 로마로 가서 아가지아니안 추기경을 만나 사정했습니다. 추기경은 예상 밖으로 협조적이었으며, 미국에서 하는 내 활동에 대해 모른 척하겠다고 했습니다. 그러고는 오히려 방문 기념으로 커다란 성작을 나에게 선물했습니다. 나는 의기양양하게 부산으로 돌아왔고 그 성작을 최 주교님에게 드렸습니다.

사실 여행 내내 나는 눈에 보이지 않는 어떤 힘이 나를 이끌고 있다는 것을 느낄 수 있었습니다. 부산에 돌아온 뒤에야 그 느낌

의 이유를 알았습니다. 내 여행이 성공하기를 바라며 밤낮으로 기
도하던 사람이 있었고, 그 사람은 바로 젤뚜르다 성녀였습니다.

젤뚜르다 성녀는 내가 불치병인 루게릭병에 걸렸다는 말을 듣
고 몹시 괴로워하기도 했습니다. 그러고는 나를 위해 그리고 새롭
게 시작한 멕시코 사업을 위해 더욱더 열심히 기도하고 희생을 바
쳤습니다.

젤뚜르다 성녀는 죽기 전 2,3년 동안 커다란 고통과 괴로움을
겪어야 했는데, 마지막 6개월은 유방암으로 몸이 완전히 마비되
고 말도 거의 할 수 없는 고통을 당해야 했습니다. 그런데도 삶의
마지막 몇 년을 나를 위해 주님 대전에서 기도하고 중재하면서 보
냈습니다. 그리고 이와 똑같은 일을 하늘에서도 계속하고 있을 것
입니다.

나는 이런 친구를 둔 사실이 너무 고맙습니다. 나의 인내, 평화
그리고 행복하고 거룩한 죽음의 은총을 받도록 주님의 옥좌 앞에
서 젤뚜르다 성녀가 바치는 기도의 힘을 나는 깊이 믿고 있습니다.

－『조용히 다가오는 나의 죽음』중에서

지금도 계속되고 있는
두 사람의 영적 우정

젤뚜르다 수녀의 삶은 관상 생활의 본질이라 할 수 있는 하느님과의 연속적인 일치의 삶이었다. 참다운 단순함과 겸손과 기쁨의 빛을 발하는 형제애의 모범을 보여준 젤뚜르다 수녀는 부산 가르멜수녀회에서 36년 동안 생활하다가 1991년 4월 23일, 93세를 일기로 영원한 삶에 들어가셨다.

젤뚜르다 수녀의 임종 뒤에도 가르멜수녀회는 마리아수녀회를 한 가족처럼 아끼며 마리아수녀회와 가난한 아이들을 위해 지금도 끊임없이 기도하고 있다. 또한 소 알로이시오 신부가 세운 소년의 집 아이들도 가르멜수녀회를 찾아가 연주도 하고 재롱잔치도 벌이는 등 하느님 안에서 은총과 기쁨을 나누고 있다.

소 알로이시오 신부의 기도

(1981~1990)

1981 · 1982

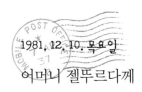

1981. 12. 10. 목요일

어머니 젤뚜르다께

이 짧은 편지를 통해 수녀님께서 거룩한 크리스마스와 축복 가득한 새해를 맞이하시길 빕니다.

저는 바쁜 크리스마스를 맞이할 것 같습니다. 서울과 부산의 소년의 집, 서울의 갱생원, 그리고 부산 구호소 5백여 명에게 세례성사를 줄 예정입니다. 영세자들은 대단히 열성적으로 준비하였으므로 영세식은 은총이 넘쳐흐를 것입니다.

서울의 병원 공사는 잘 진행되고 있습니다. 수녀님께서 좋아하실 것 같아 최근에 찍은 사진 몇 장을 보냅니다.

모든 것이 잘되어 가고 있습니다. 물론 수많은 문제들이 있고,

며칠에 한 번씩 아주 위험한 고비도 생깁니다. 하지만 5천 명이 넘는 가난한 대식구를 돌보는 상황임을 생각하면 지극히 정상입니다. 저는 수녀님의 기도와 영적 도움을 무척 고맙게 생각하고 있습니다. 이것은 천국에서 갚아 드리겠습니다.

지난 몇 달 동안 저는 영적 독서로 대데레사 성녀의 책을 읽고 있습니다. 성녀는 점점 저에게 믿기 어려울 만큼 은총과 영적인 빛과 근원이 되고 있습니다.

지난 편지에 말씀드린 것처럼 내년 6월 사제 서품 25년을 기념하는 은경축을 할 예정입니다. 그리고 한 달 동안(아니면 적어도 두 주일만이라도) 트라피스트 수도원으로 도망을 가고 싶습니다. 그러나 그렇게 오래 자리를 비울 수 있을지는 모르겠습니다. 생각 중입니다.

다음 월요일 십자가의 성 요한 축일에 저를 위해 기도하는 것 잊지 말아 주십시오. 저 또한 성탄절 주간 미사 중에 수녀님을 기억하겠습니다.

알로이시오 슈월쓰

어머니 젤뚜르다께

거룩한 크리스마스와 행복한 새해가 되셨기를 바랍니다. 그리고 이 짧은 편지를 통해 수녀님의 영육 간의 건강을 빕니다.

저는 아직도 성탄절 행사들에 짓눌려 있는 듯합니다. 이번 성탄절은 무척 은혜 가득한 시기였습니다. 5백여 명에게 세례를 주었습니다. 그들은 모두 잘 준비하여 정성스럽게 성체를 받아 모셨으며, 이것은 무척이나 감동적이었습니다.

지금은 피정을 지도하느라 바쁩니다. 오늘 아침 부산 남학생들을 위한 3일 피정이 끝났고, 오늘 밤부터는 여학생 피정이 시작됩니다. 그리고 오는 월요일(1월 11일)부터는 허원 수녀님들과 수련자들의 연피정이 있고, 18일에는 첫 허원식이 있을 예정입니다.

수녀님께서 기도하실 때 우리 모두를 기억해 주시리라 믿습니다. 저는 수녀님의 기도에 의지합니다. 때때로 저의 가난하고 좁은 마음은 수많은 문제들로 짓눌리며, 이럴 때는 조용히 앉아 집중하기 힘들고, 또 신선하고 활기 넘치고 쓸모 있는 강론을 정확히 준비하기도 힘듭니다. 그래도 피정을 함으로써 좋은 의향을 가지게 되는데 그것도 쉽지 않을 때가 많습니다.

방금 끝난 남학생들 피정을 통해 우리 모두는 영적인 힘을 얻었습니다. 그들은(7백여 명의 학생들) 대침묵을 잘 지켰으며, 몇 시간 동안 침묵 중에 개인 기도를 드렸습니다.

저희의 가난한 가족들은 계속 늘어나고 있습니다. 서울 갱생원에는 날마다 가난한 사람들이 들어오고 있는데 거의 1천5백 명을 돌보고 있습니다. 여유 방이 없을 정도입니다. 그래도 오는 사람은 모두 받아들이고 있습니다. 어린이들은 3천8백 명이 넘는데, 작년보다 4백 명이 늘었습니다.

저는 수사님들을 시험해보고 있는 중입니다. 지금 7명의 지원자들이 있습니다. 수사님들은 갱생원에서 일하고 있는데, 아주 훌륭히 해나가고 있습니다. 신학생도 겨울방학 동안 갱생원에서 일하고 있습니다.

저의 건강이 별로 좋지 않습니다. 성모님이 제게 필요한 만큼만 (넘치지 않고) 건강을 허락하신 것 같습니다. 이것도 괜찮습니다.

2월에는 사업 때문에 짧은 해외여행을 해야 할 것 같습니다. 건강하시고 하느님의 은총이 가득하시길….

알로이시오 슈월쓰

1982. 2. 9. 화요일

어머니 젤뚜르다

지금 제 앞에는 수녀님께서 1월 19일에 보내신 편지가 있습니다. 수녀님으로부터 소식 듣는 것은 늘 큰 기쁨입니다.

이 추운 날씨에 어떻게 지내고 계십니까? 제 생각에는 가르멜 수녀원이 따뜻하지 않을 것 같습니다(날씨가 빨리 풀려야 할 텐데…).

졸업식으로 바빴습니다. 지난 금요일 서울에 있는 초등학교 학생 2백73명의 졸업식이 있었습니다. 부산에서는 전문대생을 비롯해 중학생과 고등학생의 졸업식이 있을 예정입니다. 모두 2백50여 명이나 됩니다. 전문대생들은 올해 처음으로 졸업을 합니다. 우리 젊은이들은 하느님 은총과 은인들의 도우심 안에서 나날이 나이와 지혜가 자라고 있습니다. 이 모든 것들에 대해 참으로 고마워하고 있습니다.

서울 갱생원에는 점점 더 많은 사람들이 들어오고 있습니다. 모두들 가난하고 집이 없어 거리를 떠돌던 사람들입니다. 지금 우리는 1천5백여 명을 돌보고 있습니다. 이들 모두는 성서에 나오는 나자로와 같고, 지금까지 그들의 삶은 오로지 힘들고 고통스러울 뿐이었습니다. 우리 시설은 그들을 다 받아들이기에 적합하지 않지만 우리는 최선을 다하고 있습니다.

서울에서 우리가 돌보고 있는 사람들 가운데는 3백여 명의 정신질환자와 2백50여 명의 결핵 환자, 2백여 명의 고령자와, 3백여 명의 장애인들과 병자들이 있습니다.

저는 다음 주에 사업상 독일과 미국에 가야 합니다. 여행 중 가능하다면 일을 떠나 3~4일 정도 피정과 휴식을 갖고 싶습니다. 지난 석 달 동안 저는 하루도 휴일 같은 휴일을 지내지 못했습니다. 그러나 주님께서는 날마다 필요한 만큼의 힘을 채워 주십니다. 그러나 우리가 교만해질까 결코 넘치지 않게 적당히 주십니다.

우리는 수녀님의 기도와 희생에 늘 의지하고 있습니다.

알로이시오 슈월쓰

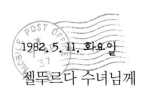
젤뚜르다 수녀님께

4월 18일에 보내 주신 편지 고맙습니다. 수녀님의 모든 편지는
저에게 큰 기쁨의 근원입니다.

수녀님께서 저번 사고로부터 건강이 완전히 회복되셨기를 바랍
니다. 저는 마침내 일에서 벗어날 수 있었습니다(저를 믿어 주십시오.
이것은 쉽지 않습니다). 지난 일주일 동안 왜관에 있는 베네딕도 수도
원에서 지냈습니다. 이 시간 동안 충분히 쉬었고, 은혜 충만한 시간
이었으며, 저는 이것에 대해 무척 고마운 마음을 가졌습니다. 저의
피정 지도자는 늘 성녀 데레사입니다.

저의 세계인 부산 어린이들과 가난한 자들에게 돌아온 뒤 저는
곧바로 수만 가지 문제들과 결재에 부딪혔습니다. 때때로 저는 이

런 문제들로 기진맥진하게 됩니다. 그러나 이것 때문에 태어났습니다. 그리고 이런 것들 때문에 저는 이곳에 왔습니다. 그러니 더 이상 무엇이…. 저는 압니다. 제가 혼자가 아니라는 것을.

새로 짓고 있는 서울 병원 공사는 빨리 진행되어 거의 완공 단계에 이르고 있습니다. 지금 우리는 세관으로부터 의료 기구들을 찾고, 그것들을 서울로 보내 설치하느라 바쁩니다. 6월 29일 정식으로 병원 문을 열 생각입니다.

과장급의 좋은 의료진들을 구하기가 참 어렵습니다. 높은 급료를 지불하겠다는데도 대부분의 한국 의사들은 가난한 사람들을 위한 병원에서 일하는 것을 좋아하지 않습니다. 또한 가난한 사람들을 위해 효과적이고 좋은 봉사가 되기 위한 병원 운영체계를 조직하는 것도 쉽지 않습니다.

비록 우리는 새로운 사업을 시작할 때마다 실수를 했지만, 결과적으로는 언제나 좋았고 병원 사업도 그렇게 될 것이라 생각합니다.

부산 구호소의 새 건물도 건축을 시작하려고 합니다. 우리는 부산에서 약 1백30명의 결핵 환자와 서울에서 약 1백60명의 환자를 돌보고 있습니다.

저는 서울 갱생원에 제대로 된 건물을 짓고 싶습니다. 이것은 절실히 필요합니다. 그러나 여기에는 두 가지 문제가 있습니다. 돈과

시청의 허락입니다. 서울시에서는 갱생원이 다른 곳으로 옮겨 가기를 바라고 있습니다. 하지만 우리는 다른 곳으로 옮기는 것을 반대합니다. 이것이 한 가지 문제입니다. 또 다른 문제는 돈입니다. 약 2백만 달러 정도가 필요할 것 같습니다. 그러나 하느님의 도우심으로 이 정도 금액은 모금을 할 수 있을 것 같습니다.

그리스도회 수사님들은 서울 갱생원에서 훌륭한 몫을 하고 있습니다. 우리 모두가 기뻐 놀랄 만큼 잘하고 있습니다.

성신강림 주일 한 주 전에 24명의 수련자들에게 피정을 지도해야 합니다. 수녀님께서 기도 중에 그들을 기억해 주시리라 믿습니다.

알로이시오 슈월쓰

*덧붙이는 글 : 오타가 많아 죄송합니다.

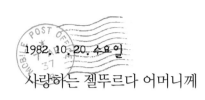

사랑하는 젤뚜르다 어머니께

이 달은 무엇보다 저의 생각과 기도가 수녀님과 함께합니다. 10월은 진정 가르멜을 위한 달입니다. 아름다운 두 데레사 성녀의 축일과 함께 수녀님들은 두 성녀, 소화 데레사와 대데레사 성녀에게 특별 봉헌을 하셨습니다. 우리는 두 성녀의 축일 때에는 특별 지향을 두고 미사를 봉헌합니다. 또 수녀님들의 수업 과정 중에는 소화 데레사의 자서전과 대데레사 성녀의 책을 공부합니다.

저의 강론과 묵상 그리고 피정 지도 때면 두 성녀의 삶과 글들을 많이 인용합니다. 물론 십자가의 요한 성인도 포함됩니다. 때때로 저는 제 안에서 데레사 성녀의 글에 대해 당황합니다. 성녀는 자신의 실수와 불완전함, 그리고 자신의 작음과 평범함에 대해 자주 이야기합니다. 그런데도 성녀의 글을 보면 성녀가 절대적으로 완벽

하며 고의적인 실수나 잘못이 하나도 없음을 알 수 있습니다.

그러나 성녀의 길은 절대적으로 비범하고 자기 절제, 자기 부정, 시련들, 고통, 그리고 아픔의 길처럼 보입니다. 아무튼 저는 성녀를 저의 누이로 삼고 계속 성녀께 기도합니다. 그러면 성녀는 계속해서 특별한 사랑으로 저를 돌봐 주십니다. 그러나 성녀가 저를 예민하게 주시하시며 많은 것을 요구함을 인정합니다. 저는 결코 쉴 수 없으며 자만할 수 없습니다.

때때로 저는 수녀님의 나이 많음이 부럽습니다. 저도 이미 80살이 넘었으면 합니다. 제 생각에 이런 감정은 다른 것보다 저의 비겁함에서 나오는 것 같습니다.

오는 일요일에 사업차 유럽에 갔다가 미국을 들르는 짧은 여행을 할 예정입니다. 저는 돈이 필요합니다. 물론 하느님께서 주십니다. 그리고 하느님은 대단히 후하게 주십니다. 그러나 동시에 끊임없이 찾고, 구하고, 청해야 합니다.

우리의 두 자선병원은(서울과 부산) 아주 잘되고 있습니다. 그러나 병원 운영비가 무척 많이 들어갑니다.

대통령으로부터 서울 갱생원 신축공사 마지막 허락을 기다리고 있습니다. 우리는 허락이 나기를 기대하고 있으며, 가능하면 크리스마스 전에 기공식을 갖고 공사를 시작했으면 합니다. 이 공사는 많은 돈이 필요할 것 같습니다.

어린이들은 모두 잘 지내고 있습니다. 그리고 올해 졸업한 전문대생과 고등학생 가운데 약 1백 명은 직장을 찾는 데 성공했습니다. 대부분의 졸업생들은 우리와 오래 살았으며, 믿음이 좋고 열심히 신앙생활을 한 까닭에 성실한 아이들입니다.

이 편지로 안부를 대신하며, 건강하시길 빕니다. 저를 위해 기도해주십시오. 제가 수녀님을 위해 기도하듯이….

알로이시오 슈월쓰

*덧붙이는 글 : 오타가 많아 죄송합니다.

1983

1983. 3. 16. 일요일

첼뚜르다 어머니께

앞으로 이틀만 있으면 성 요셉 축일입니다. 성녀 데레사의 딸들에게는 이 축일이 특별한 뜻을 가지고 있다는 것을 압니다. 성녀는 늘 성 요셉에게 특별 의탁과 중재를 청하셨습니다. 이 거룩한 축일에 수녀님께서 행복하시길 빌며, 그날 미사 중에 특별 지향으로 수녀님을 기억하리라 약속드립니다.

오늘 수사님들을 위해 짧은 피정을 시작하였으며, 성 요셉 축일날 끝날 예정입니다. 피정 뒤에 이 작은 그룹의 선구자들은 14개월 동안의 수련기를 시작합니다. 수련기를 마치면 가난, 정결, 순명, 가난한 자에 대한 봉사라는 개인 허원을 할 것입니다.

저는 성령께서 이끄시는 대로 따르려고 노력합니다. 성령께서 이 새로운 시도를 어디로 이끌고 가실지 확실히 잘 알지는 못합니다. 하지만 수사님들은 자신들의 일에서 아주 좋은 성과를 거두고 있으며, 비범한 용기와 뛰어난 희생정신을 보여 주고 있습니다.

한편 8개월 동안 끈기 있게 요청하고 우리의 입장을 강력하게 변론한 끝에, 마침내 가난한 사람들을 위한 숙소가 될 중심 건물을 지어도 좋다는 정부의 허락을 받았습니다. 지금까지는 단지 8백 명만 수용 가능한 시설에서 1천5백 명이 넘는 사람들이 살고 있었습니다. 부활절에 기공식을 갖고 새 공사를 시작할 계획입니다. 총 공사비는 2백만 달러 정도 내다보고 있습니다.

저의 재정적인 짐은 점점 무거워져만 갑니다. 그러므로 저는 조금 더 걱정하고 좀 더 열심히 일해야겠습니다.

수녀님들의 새로운 수녀원 건설 계획은 어떻게 되어 가고 있는지요? 제가 알기에 가르멜은 한국에 좋은 후원자들이 많다고 들었습니다. 그들이 수녀님들의 재정적인 후원도 하는지요? 부산 수녀원을 마산으로 옮기려고 하는 것인지요? 아니면 제2의 수녀원을 마산에 세우려 하는 것인지요?

서울 병원은 너무 잘되고 있습니다. 날마다 1백~2백 명의 외래

환자를 진료하고 있는데 그들은 모두 가난하고 어려운 사람들입니다. 큰 수술도 하루에 5~6건이 있고, 때로는 7건이 넘을 때도 있습니다. 부산 병원은 운영하기가 무척이나 힘들고 큰 짐입니다. 하지만 이 병원들은 큰 은총의 근원이며, 우리는 가난한 사람들의 치료를 통해 하느님께 큰 영광을 드리고 있습니다.

어린이들은 모두 잘 지내고 있습니다. 날마다 문제가 있고, 하루 걸러 한 번씩 위기가 있고, 일주일에 한 번 정도 큰 문제가 생기며, 한 달에 한 번쯤은 재난이 있습니다. 그러나 여기에 하느님의 풍성한 은총이 있습니다. 이것은 눈으로 볼 수 있는 명백한 사실입니다. 하지만 고귀한 영혼 구령에 관한 문제이기 때문에 많은 문제점이 있을 수 있고, 또 마귀들의 활동도 왕성합니다.

그럼 이만 줄이며, 계속해서 저를 위해 기도해 주십시오. 성녀 데레사에게 그녀의 심장을 저에게 주시도록 청해 주십시오. 성녀께서는 불가능이란 없습니다.

알로이시오 슈월쓰

젤뚜르다 어머니께

수녀님의 친절한 편지 무척 고맙습니다. 답장을 오래 기다리게 해서 죄송합니다. 최근에 특별히 바빴습니다.

수녀님들의 피정을 지도했습니다. 처음에는 수련자들, 그 다음에는 예비 수녀님들, 다음 주에는 허원 수녀님들 차례입니다. 이 짧은 피정은(보통 1년에 두 번, 4일 동안) 우리 작은 공동체에 굉장한 은총의 근원이 됨을 경험합니다.

그렇지만 제 입장에서는 이것도 힘이 많이 듭니다. 저는 저의 모든 능력과 말들에 대해 확신이 없지만, 예수님의 이름으로 가르칩니다. 그러면 예수님의 지혜와 힘이 비밀리에 저의 가난한 입을 통해 듣는 사람의 마음으로 흘러들어 갑니다. 다음 주에 피정할 수녀님들을 위해 기도 부탁드립니다.

성신강림 전야에 놀랄 만큼 풍성한 견진성사 예식이 있었습니다. 6백20명의 학생들과 60명의 결핵 환자들이 견진성사를 받았습니다. 주교님께서 단 하루 만에 이렇게 많은 사람들에게 견진성사를 집전하시기는 처음이라 하셨습니다. 주교님께서는 학생들과 환자들에게 견진성사를 집전하게 되어 무척 기쁘다고 하셨습니다.

이번 주 화요일, 서울 병원은 하루에 외래환자 3백 명을 진료하는 기록을 세웠습니다. 서울 병원은 이미 유명한 병원이 되었으며, 가난한 환자들은 전국에서 우리 병원을 찾아오고 있습니다. 실제적인 경제성장에도 불구하고 한국은 여전히 굉장히 많은 수가 곤궁과 고통, 가난 중에 있습니다.

수녀님을 다시 뵈오면 기쁨이며 영광이겠습니다. 수녀님의 기도, 희생 그리고 영적 지지는 제가 이야기한 이상으로 저에게 의미 있는 것입니다. 천국에 가면 이 사업은 수녀님의 공이었음을 생각하겠습니다. 수녀님은 이 사업의 신용장입니다. 저는 온전히 수녀님의 영적 도움에 의지하며, 수녀님의 도움이 없다면 저는 완전히 무능력 그 자체입니다.

수녀님께서 지난번 편지에 질문하신 것에 대해 가능한 한 솔직히 답하겠습니다. 저번 편지 때부터 수녀님이 저에게 넌지시 재정적인 도움을 청하는 듯한 인상을 받았습니다. 저는 이 문제에 대해 수녀님의 장상과 논하고 싶고, 만약 마산 수녀원이 성녀 데레사의 정신대로 지어진다면(가난하고 단순하게), 그리고 새로 짓게 될 수녀원의 수녀님들의 기도가 특별히 가난한 사람들을 위해 봉헌된다면 저는 적은 액수의 재정적인 도움을 고려해볼 것입니다.

어쨌든 수녀님과 대화 후에 저는 수녀님들은 큰 도움이 필요하지 않겠다는 인상을 받았습니다. 수녀님들은 부유한 후원자들이 있고, 그리고 값비싼 대지를 소유하고 있으니 필요하면 이것을 팔수 있지 않겠습니까?

그동안 저는 수원 가르멜을 방문했습니다. 그들은 새 수녀원을 짓는 데 1백30만 달러를 예상했습니다. 평당 가격이 1천1백18달러입니다. 한국의 현 시가로는 아무리 부자라도 이렇게 호사스러운 집을 짓지는 않습니다. 아주 큰 부자만이 가능합니다.

만약 수원 가르멜 수녀님들이 이 가격으로 건축을 하면 큰 스캔들을 일으킬 것입니다. 만약 수녀님들이 창설자의 정신에 따라 계획하고 생각한다면 그 액수로 수녀원 5개는 지을 것입니다(마산 수녀원을 포함해서). 이 시점에서 볼 때, 수원 가르멜 수녀님들은 마산 가르멜 수녀원 공사를 도울 수 있으리라고 생각합니다. 만약 저의 평가, 계산, 판단이 잘못된 것이라면 지적해 주십시오. 저의 비평이 잘못된 것일 가능성은 충분히 있습니다.

하느님 축복 가득하시고 건강 조심하시길….

알로이시오 슈월쓰

1983. 7. 5. 화요일

젤뚜르다 어머니께

먼저 수녀님의 친절한 편지 고맙습니다. 저는 수녀님으로부터 소식 듣는 것이 무척 행복합니다.

이 기회에 가장 축복되고 기쁜 가르멜 산의 성모님 축일을 축하드립니다. 그날 수녀님의 의향을 위해 특별 미사를 봉헌하겠습니다.

최근의 갱생원 사진을 편지와 함께 보냅니다. 함께 계시는 수녀님들께도 보여 주십시오. 이 공사가 잘 진행되면 내년(1984년) 2월 말에 새 건물이 완공될 것입니다. 이 건물은 1천5백 명까지 수용이 가능합니다.

서울과 부산에 있는 우리 두 자선병원은 날이 갈수록 바빠지고 있습니다. 병원마다 입원 환자가 1백 명이 넘고, 외래환자는 하루 3백 명 정도 됩니다. 또 병원마다 하루 5건 이상의 큰 수술을 하고 있습니다. 물론 모두 무료입니다. 우리 병원의 의사들은 한국에서 상위권 안에 드는 의사들입니다. 우리는 그들에게 국내 최고 수준의 월급을 주고 있습니다. 현실적인 경제성장에도 불구하고 한국은 여전히 어렵고, 가난하고, 고통당하는 사람들이 많습니다.

두 병원에서 수녀님들은 많은 개종자들을 만들고 있습니다. 이것 말고도 수녀님들은 믿기 어려울 만큼 겸손과 침묵 중에 달콤한 그리스도의 사랑을 증거하고 있습니다.

저는 올해 졸업할 전문대생과 고등학생 1백50명의 일자리를 알아보기 위해 바쁘게 움직이고 있습니다. 결코 쉽지 않은 문제인데, 한국에서는 어느 것 하나 쉬운 것이 없습니다.

고등학교와 중학교 남학생들은 부산시내 중고교 대항 축구 시합에 출전 중입니다. 소년의 집에는 아주 훌륭한 운동부들이 있고, 그 가운데서도 축구부는 이름이 드높습니다. 또 남학생들은 아주 훌륭한 장거리 마라톤 선수들이기도 합니다.

날마다 마라톤을 합니다. 2주 전에는 남학생들과 21킬로미터를 달리는 연습을 했습니다. 저의 늙은 다리가 얼마나 오래 달려줄지 모르겠습니다.

일에서 벗어나 며칠 동안 피정을 하고 휴식을 취하고 싶지만 일에서 해방되는 것은 쉽지 않습니다. 3개월 동안 쉬는 날이 하루도 없었습니다. 그러나 한 가지는 꼭 이루어졌으면 합니다. 이 더운 날씨가 수녀님을 많이 힘들지 않게 하기를 바랍니다.

제가 하느님의 뜻을 바로 보고, 그 뜻을 행할 수 있는 힘을 가지도록 끊임없이 기도해 주시기 바랍니다.

알로이시오 슈월쓰

첼뚜르다 어머니께

간단한 몇 줄로 수녀님께서 안녕하시고 건강하신지 인사 올립니다.

수녀님이 추천하신 간호사를 취업시키지 않아 죄송합니다. 현재 우리 병원에는 빈자리가 없습니다. 게다가 현재 한국에서는 좋은 간호사를 쉽게 구할 수 있습니다.

지난 주 여기에서는 아주 흥분할 만한 일이 있었습니다. 이것은 일종의 행복입니다. 제가 막사이사이상 수상자로 발표됨으로써 우리 사업은 큰 관심의 대상이 되었고, 또 어떤 부분에서는 대단히 잘 선전되어 우리 사업의 미래에 큰 도움이 될 것 같습니다. 어린이들과 수녀님들은 의기충천합니다. 이것을 보는 저의 마음은 좋고 즐겁고 행복합니다.

하지만 모든 관심이 저에게 집중되는 것이 많이 부담스럽습니다. 어제만 해도 시장님이 직접 저를 찾아와 경의를 표했습니다. 이 일뿐 아니라 여러 가지 면에서 사람들은 우리의 사업보다 저 개인에게 관심을 많이 가집니다. 덕분에 관계 당국과의 관계가 좋아져 우리 사업에 많은 도움이 되긴 하지만 불편한 것은 사실입니다. 아무튼 저의 부족함을 통해 모든 영광을 하느님께 드리고 싶습니다.

한 가지 문제로 많이 고민하고 있습니다. 유산 문제, 인공 불임, 출산 조절 그리고 성 개방 풍조입니다. 이것은 한국 사회의 고유한 미풍양속인 정결 사상을 부식시키며, 또한 크리스천의 믿음을 마구 부수는 것입니다.

한국에서는 1년에 1백만 건 이상의 낙태 수술이 이루어지고 있습니다. 이 얼마나 신에 대한 모독이며, 생명의 근원에 대한 모독인가요! 우리는 이 심각한 문제에 대해 무엇을 할 수 있는지 스스로 묻고 답해 보았습니다. 그러자 '모성원을 하면 어떨까?', '해외 입양은 어떨까?' 하는 생각들이 떠올랐습니다. 하지만 저도 어떻게 해야 할지 잘 모르겠습니다. 지금도 우리는 너무나 바쁘기 때문입니다.

우리 사업이 너무 비대해지는 것이 두렵습니다. 제가 하느님의
뜻을 알고, 하느님의 도구로서 일할 수 있는 힘을 주시도록 기도해
주십시오.

하느님의 축복이 가득하시고 건강에 유의하시길….

알로이시오 슈월쓰

1983. 9. 24. 토요일

첼뚜르다 어머니께

저의 필리핀 방문은 놀라운 것이었습니다. 저는 진실로 필리핀 사람들과 사랑에 빠졌습니다. 어느 곳을 가든지 그들은 제가 필리핀으로 오기를 희망했고, 한국에서와 같은 자선사업을 해줄 것을 청했습니다. 벌써 저는 우리 수녀원에 입회하고 싶어 하는 필리핀 소녀 두 명을 만나기도 했습니다.

제가 느끼기에 필리핀은 우리와 같은 사도들이 절실히 필요하며, 제가 가서 시도해보는 것보다 더 좋은 길은 없다고 생각합니다. 지금 당장에라도 이것은 의심할 여지가 없습니다. 그러나 때때로 장래에 사제가 한 명 또는 두 명만 있어 나를 도와줄 수 있다면, 하고 심각하게 생각해봅니다.

아무튼 저는 성령이 이끄시는 대로, 거리낌 없이, 가볍게, 자유롭게 활동할 것입니다. 다른 일에 얽매임도 없이….

필리핀 사업은 우리 일이 더 발전할 수 있고, 또 더 인정받을 수 있는 일이 될 것 같습니다. 하지만 어떤 면에서는 한국의 강한 교권 제도에 대한 적대 행위로 보일 수도 있을 것입니다. 그렇지만 우리는 이런 일에 꽤 익숙해져 있습니다. 거의 20년 동안 한국의 성직자들은 정신적으로나 물질적으로, 또 그 밖의 어떤 방법으로도 우리를 도와주지 않았고 환영하지 않았습니다.

그러나 만약 이 어려움이 하느님께서 하시는 일이라면, 이것은 앞으로도 계속될 것입니다. 그리고 우리는 한국 교권의 도움이 있든 없든 상관없이 우리 사업을 계속할 것입니다.

제가 지금 왜 이렇게 쓰고 있는지 저도 잘 모르겠습니다. 그러나 저는 제 마음 깊은 곳에서 느끼는 것을 수녀님께 이야기합니다(다른 모든 것처럼).

우리는 지금 우리의 위치를 이해받지 못하고 있습니다. 이것은 결과적으로 확실히 고통입니다. 저는 여러 사건에 대해 일일이 수녀님께 쓸 만한 시간적인 여유가 없으며, 성격에도 맞지 않습니다. 그러나 아주 간단히 말하면(만약 당신이 우리를 사랑하고 우리를 믿고,

우리를 신뢰하고, 우리를 도와준다면) 모든 면에서 한국 사업은 아주 잘 되어 가고 있습니다.

저는 늘 바쁘게 살면서 안으로나 밖으로나 굉장한 스트레스를 받고 있습니다. 그러나 저는 늘 이렇게 느낍니다.

'나는 아무것도 하는 것이 없고, 생존의 위협을 받는 절박한 빈곤에 비하면 나는 아무것도 아니다.'

다가오는 두 데레사 성녀 축일에는 가장 좋은 일이 수녀님과 함께하시길 빕니다. 축일 미사 중에 수녀님을 기억하겠습니다. 저에게는 그 어느 때보다 더 절실히 수녀님의 기도가 필요하며, 수녀님의 기도에 의지하고 있습니다. 고맙습니다.

고마움을 전하며
알로이시오 슈월쓰

1983. 9. 29. 목요일

젤뚜르다 어머니께

수녀님의 최근 편지는 제 마음 깊이 와 닿았습니다(거의 눈물을 흘릴 뻔했습니다). 편지는 겸손하고 단순하며, 진심이었습니다. 고맙습니다.

저는 지금 수녀님의 마음을 아주 잘 이해하고 있으며, 기본적으로 우리의 마음이 완전히 일치했다는 사실에 행복함을 느낍니다. 우리는 둘 다 몹시 가슴 아팠으며, 수녀님은 그 상처를 사랑으로 바꾸셨습니다. 이제 우리는 이 상처가 하느님의 영광과 그 분의 성교회를 위해 잘 치유될 수 있도록 기도해야 할 것입니다.

저는 지금 독일에서 오신 두 분의 손님 때문에 바쁩니다. 그래서 길게 편지를 쓰지 못합니다. 저는 다음 주에 일에서 떠나 며칠 피정을 하기 원합니다. 저를 위해 성녀 데레사에게 간구해 주십시오. 성녀의 사랑의 망토가 저를 감싸도록, 그리고 성녀의 불타는 사랑을 제 마음에 주시도록 계속 기도 부탁드립니다.

다시 한번 고마운 마음을 드리며

알로이시오 슈월쓰

1983. 11. 4. 금요일

젤뚜르다 어머니께

지금은 정오입니다. 저는 날마다 마라톤을 하는데 지금 막 떠나려고 합니다. 비가 내리고 있습니다. 그러나 저는 하느님께서 주시는 깨끗하고 시원한 비를 맞고 달리는 것을 즐깁니다.

마라톤을 나가기 전에 수녀님께서 안녕하신지, 또 어떻게 지내고 계신지 짧은 안부 편지를 써야겠다고 생각했습니다.

중대 뉴스는 레이건 대통령의 부인인 낸시 여사가 고위층 사람들과 함께 서울 소년의 집을 11월 13일 일요일에 한 시간 정도 방문할 계획이란 사실입니다. 이 방문은 영광이며, 서울 소년의 집은 많이 흥분하고 있습니다. 이 때문에 미국과 한국 정부의 고위 관리자들의 방문이 끊이지 않고 계속되고 있습니다.

세계 유명 인사 한 명을 영접한다는 것은 무척 어렵습니다. 게다가 복음 정신대로 단순하고 아이답게 하기란 더 어렵습니다. 그렇지만 우리는 최선을 다할 것입니다. 그리고 손님들의 방문이 잘 끝나고 나면 우리 사업에 많은 유익이 될 것입니다. 저는 수녀님께서 우리를 위해 기도해 주시리라 확신합니다. 제가 용기와 자신감을 가지도록 기도해 주십시오.

어제는 부산 영아원 개원식을 했습니다. 새 건물은 1백50명의 영아가 생활할 수 있으며, 넓은 유치원 교실도 세 개나 됩니다. 작은 아이들은 벌써 이사를 했는데, 그들은 새 집에 대해 무척이나 흥분하고 기뻐했습니다.

서울 갱생원 사업도 건물 신축 공사와 함께 잘되고 있습니다. 지금 짓고 있는 건물은 거의 2천 명을 수용할 수 있습니다. 가능하면 부활절 지나고 바로 개원식을 할 예정입니다.

2주 전에 저는 예수회에서 며칠 피정과 휴식을 가졌습니다. 수녀님께서도 건강하시길 바라며, 가르멜의 모든 수녀님께 안부 전해 주시고 기도 부탁해 주십시오. 우리 사업의 모든 힘과 성공은 모두 기도 안에 있으며, 또 십자가 안에 있습니다.

알로이시오 슈월쓰

젤뚜르다 어머니께

　　내일은 십자가의 요한 성인 축일입니다. 내일 미사 때 특별 지향
으로 수녀님을 기억하겠습니다.

　　최근 저는 영적 독서로 브루노 신부님께서 쓰신 십자가의 요한
성인의 훌륭한 전기를 다시 한 번 읽었습니다(지금까지 다섯 번을 읽
었습니다). 요한 성인의 삶은 얼마나 찬란하고 눈부시고 위대한 거
룩함인지 모르겠습니다. 동시에 대단히 흥미롭고 대단히 무섭기도
했습니다. 성인은 비록 16세기 스페인의 핏줄을 가졌지만 절대적으
로 복음의 피와 살(복음 정신)을 지녔습니다.

　　저는 지금 크리스마스를 준비하느라 바쁩니다. 서울에 2백50명,
부산에 50명에게 세례성사를 줄 예정입니다. 또한 많은 시간을 고

백소 안에서 보내야 할 것 같습니다. 이런 점에서 저는 복고주의입니다. 저는 개별 고백성사를 강력히 주장합니다. 물론 이것은 고백자에게는 큰 십자가입니다. 그러나 고백자에게나 사제에게나 이것은 특권이며 풍성한 성총의 근원입니다.

언젠가는 성모님께서 저를 도와줄 사제를 한두 명 보내 주시리라 희망합니다. 이것은 한국보다 더 가난한 나라에(예를 들어 필리핀) 이와 같은 사업을 시작하라는 신호가 될 것입니다.

저와 우리 수녀님들은 자체 신학생은 기대하지 않습니다. 그들이 신학교에 오래 머물면 머물수록 우리와의 사이에 틈은 점점 더 넓어집니다. 서품을 받는다고 해도, 저의 추측으로 그들은 전형적인 신부, 부드럽고 편안하고 부르주아적인 신부로 바뀔 것입니다.

교황대사께서는 대사관 저녁 식사에 저를 초대하겠다고 말씀하셨습니다. 대사님께서는 제게 필요한 용기를 북돋우고 계시는 것 같습니다. 또한 최근 저는 김수환 추기경님께 아주 정중하게 만나 뵙기를 청했습니다. 그러나 답은 없고 침묵뿐이었습니다. 저는 15년 동안 추기경님을 만나려 애썼으나 거절당했습니다.

지난주에 우리는 젊은 수녀님 한 사람을 잃었습니다. 패혈증으로 갑자기 돌아가셨습니다. 수녀님은 대단히 거룩하고, 평화롭고,

덕스럽게 임종하셨습니다. 또 공장에 취직했던 졸업생 한 명도 사고로 세상을 떠났습니다. 그는 열심인 레지오 단원이었으며, 교우들의 모범이었습니다.

"하느님께서 주셨으니 하느님께서 거두어 가셨습니다."

즐거운 크리스마스 되시고 복된 새해 되시길 빕니다.

알로이시오 슈월쓰

1984

1984. 1. 26. 목요일

젤뚜르다 어머니께

지금은 정오입니다. 마라톤을 하기 위해 막 나가려고 준비하던 중입니다(날마다 10내지 15킬로미터를 뜁니다). 그러나 먼저 수녀님께 몇 자 적기로 했습니다.

내일은 부산에서 중학교와 고등학교, 전문대 학생 남녀 졸업식이 있을 예정입니다. 그리고 다음 주 화요일에는 서울 초등학교 졸업식이 있습니다. 모두 7백 명의 어린이들이 졸업할 예정입니다. 저는 어린이들의 좋은 성과와 발전을 이야기할 때 무척 기쁩니다. 또한 그들의 영적 생활과 기도 생활의 신심이 깊어지고 지향이 발전한다는 것이 늘 기쁩니다.

이틀 동안 예수회에서 개인 피정을 했습니다. 저의 피정 인도자이자 영적 지도자는 늘 성녀 데레사입니다. 성녀의 말씀은 큰 노력 없이도 저의 본성을 통찰시킵니다.

제 생각에 저는 성녀의 교의인 영적 어린이의 길과 작은 길을 확실히 이해하고 있다고 생각합니다. 물론 이해하는 것과 실천하는 것은 무척 다릅니다만, 언젠가는 이해하는 것과 실천하는 것이 하나가 되는 때가 오리라 확신합니다. 제가 이해하고 알고 있는 한 성녀께서는 제 마음에 행하고 연습할 수 있는 성총을 부어 주실 때가 오리라는 것을 확신하기 때문입니다.

또 다른 소식은, 교황대사께서 마침내 용기를 내시어 오는 월요일 저를 교황대사관의 저녁 식사에 초대하셨다는 것입니다. 제가 '비둘기처럼 양순하고 뱀처럼 지혜롭게' 처신할 수 있도록 기도해 주십시오.

서울과 부산의 자선병원은 무척 잘되고 있습니다. 부산 병원은 하루에 외래환자가 2백 명 정도 되고, 서울은 3백 명이 넘습니다. 두 병원 모두 하루에 5~6건의 대수술을 하고 있습니다. 또한 수녀님들은 훌륭한 선교 활동을 하고 있습니다. 가난한 사람들 중에 많은 개종자가 나오고, 또 많은 사람들이 영세를 하고 신자가 되고 있습니다.

부산 병원을 증축할 계획을 세우고 있으며, 규모를 넓힐 예정입니다. 또 부산에 1백 명 정도 수용할 수 있는 미혼모 시설을 지을 계획도 활발히 의논하고 있는 중입니다.

수녀님 보십시오. 우리는 한가할 틈이 없습니다. 저는 2월 중에 사업차 유럽과 미국을 다녀와야 합니다. 많은 문젯거리와 수많은 결정들이 우리 앞에 있습니다. 하지만 행복하게도 저 혼자 일하는 것이 아닙니다. 저희 수녀님들과 수사님들이 함께하고 있고, 무엇보다도 수녀님의 도움과 협조와 인도하심에 저는 크게 의지하고 있습니다.

알로이시오 슈월쓰

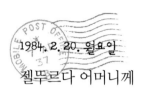

젤뚜르다 어머니께

내일 유럽으로 떠날 예정입니다. 그리고 미국을 들를 계획이며, 2주일 정도 걸릴 것 같습니다. 이것은 또 다른 구걸(모금) 여행입니다.

1984년 예산으로 최소한 8백만 달러가 필요합니다. 그러므로 가장 먼저 수녀님의 기도를 구걸합니다. 어느 때보다 더 많은 기도가 필요합니다. 우리 사업은 계속 성장하고 넓어져 가고 있습니다. 이에 따른 저의 책임도 무거워집니다.

부산시는 우리에게 며칠 뒤 부랑아 6백 명을 '선물' 하겠다고 약속했습니다. 그들은 거리를 떠돌던 아이들이고, 또 남자와 여자들이 함께 수용된 시설에 있던 아이들입니다. 저는 기쁘게 그들을 받아들였습니다. 비록 그들을 어디에다 수용해야 할지 모르겠지만 말입니다.

부산 병원은 한 층 증축 공사를 하고 있습니다. 가난하고, 어렵고, 고통 받는 수많은 사람들이 치료를 구걸하고 날마다 도움을 청하러 옵니다. 서울과 부산 두 병원을 합하면 하루에 6백 명이 넘는 외래환자들을 진료하고 있습니다. 가난한 사람들은 병원에 있는 동안 교리를 배우고, 퇴원 뒤에는 영세를 합니다.

부산시의 요청에 따라 미혼모 사업을 시작하려 합니다. 건물은 거의 완공되어 가는데, 1백 명 정도의 미혼모들을 수용할 수 있을 것 같습니다.

의심할 여지없이 오늘날 한국은 도덕적으로 타락해가고 있습니다. 그 결과 낙태 증가라는 엄청난 사회적 문제에 직면했습니다. 한국의 낙태율은 세계에서 가장 높습니다. 1년 평균 1백만 건에서 1백 50만 건 정도 행해지고 있습니다. 이것은 단지 태어나지 않은 작은 아이를 무자비하게 죽이는 것일 뿐만 아니라 큰 비극이기도 합니다. 저는 극악하고 질리게 하는 비극을 마주 대할 때마다 저의 무능함을 느낍니다.

어쨌든 미혼모의 집은(그리고 영아원은) 우리가 조금이나마 생명 운동을 할 수 있게 합니다. 이 사업이 과부의 헌금처럼 하느님을 기쁘게 해 드렸으면 하는 바람입니다.

교황대사님과 즐거운 저녁 식사를 했습니다. 대사님께서 말씀하시길, 김수환 추기경님께 교황님이 우리 사업체를 방문할 가능성에 대해 이야기하셨다고 합니다. 그러나 추기경님은 반대하셨다고 합니다. 만약 교황님이 방문하신다면 많은 면에서 우리 사업에 큰 도움이 될 것입니다. 재정적인 면에서 그리고 개인적인 면에서, 또 우리에게 많은 은총과 축복을 가져다줄 것입니다. 하지만 그럴 가능성은 아주 낮습니다.

수녀님께서 영육으로 건강하시길 바라며
알로이시오 슈월쓰

젤뚜르다 어머니께

3월 19일 보내주신 친절한 편지 고맙습니다. 수녀님께서 성 요셉 축일에 저를 기억해 주셔서 너무나 기뻤습니다.

성녀 데레사의 좋은 개정판 시집을 갖게 되어 무엇보다 행복합니다. 성녀의 글들은 제가 천천히 읽기만 하면 큰 노력 없이도 저의 마음과 혈관 속으로 바로 들어오는 것 같습니다. 저는 요즘 성녀의 서간문 1권 영문 번역판을 읽고 있습니다.

제 생각으로는 적어도 성녀의 말들은 깊은 경험에서 나왔으며 진실로 '생명의 말씀'이라고 봅니다. 그 안에서 저는 아름다운 빛, 굉장한 힘을 발견했습니다. 혹시 수녀님께서 저에게 성녀 데레사의 다른 시집을 빌려주실 수 있을는지요? 그렇게 해 주신다면 너무나 고맙겠습니다.

영원한 거지, 수녀님께 다시 한 번 더 기도를 구걸합니다. 무엇보다 성 주간과 부활 주간에….

시간과 용기가 허락되면 부활 전에 우리 수녀님들과 고등학교 남학생과 여학생들에게 짧은 피정을 시키고 싶습니다.

저는 늘 결정해야 할 많은 것들과 문제, 책임감, 그리고 걱정들로 정도 이상의 중압감에 눌려 있습니다. 마치 보이지 않는 가시관을 쓰고 있는 것 같은데, 이것은 끊임없는 긴장과 정신적인 고통의 원인입니다. 이것은 또한 무척 깊은 영신적인 고요 그리고 끊임없는 평화와 기쁨의 근원이기도 합니다. 또 다른 말로는 이 '가시관'은 은총이며 그리고 제가 감사와 찬미 드리기를 결코 중단할 수 없는 특권이기도 합니다.

그러나 때때로 용기는 흔들리고 주춤거립니다. 그러므로 끊임없는 기도가 필요합니다. 또한 기도 없이는 자기기만과 착각의 위험에 직면하게 됩니다. 하느님의 뜻과 영광을 찾는다고 하면서 쉽게 개인의 뜻을 찾고 착각하는 경우가 있습니다. 제가 하느님의 뜻을 바로 알고 그것을 행할 용기를 주시도록 저를 위해 기도해 주십시오.

수녀님께서 저를 위해 메모해 주신 것과 같은 신학자들의 의견을 익히 잘 알고 있습니다. 하지만 저는 하느님의 한없으신 자비와

선하심 안에서 믿음의 눈으로 신학자들의 의견을 살펴보면 볼수록 그들의 고찰에 만족할 수 없고(많은 이유를 여기서 일일이 늘어놓을 수 없지만), 흥미 없으며, 깊이가 없다는 것을 발견합니다.

저는 거리의 아이들을 모두 저의 아이들로 느낍니다. 제 생각에는 80만 명 정도는 될 것 같은데, 이것에 비하면 제가 하고 있는 일은 너무 보잘것없고 대수롭지 않습니다. 때때로 저는 더 많은 일을 해야만 된다고 느낍니다. 한편으로는 이미 너무 많은 것을 하고 있다고 느끼기도 합니다.

주여, 저를 인도해 주시고 저에게 빛을 주십시오!
수녀님을 위해서 늘 기도하고 미사 중에 기억하겠습니다.

알로이시오 슈월쓰

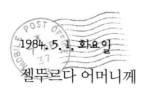

1984. 5. 1. 화요일

젤뚜르다 어머니께

잠시 뒤 서울로 떠나야 합니다. 떠나기에 앞서 수녀님께 간단한
편지 드립니다. 수녀님의 친절한 부활 카드와 시집을 받고 너무나
기뻤습니다. 이 시들은 앞으로 저의 기도와 묵상의 좋은 재료가 되
리라 믿습니다.

전번에 말씀드린 바와 같이 성녀 데레사의 글과 말씀들은 그 어
떤 것이라도 큰 노력 없이도 저의 마음에 잘 들어옵니다. 그 영신적
인 말씀, 생명의 말씀은 저에게 굉장한 은총의 근원이 됩니다. 고맙
습니다. 만약 수녀님께서 한국말로 번역하신 것을 갖고 계신다면,
우리 수녀님들도 이것을 가지고 싶어 하실 것입니다.

수녀님 편지 가운데 가르멜 수녀님들께서 교황님을 뵈러 서울에 가실 예정이라고 하셨지요? 만약 수녀님들께서 시간이 허락되시고 원하신다면, 저희 소년의 집을 방문해 주시면 대환영입니다. 우리 수녀님들이 가르멜 수녀님을 가까이서 뵈올 수 있는 영광을 누리는 기회가 될 것입니다. 전화번호는 388-3422, 354-9957입니다.

방금 제작을 끝낸 미혼모 사업에 관한 작은 팸플릿을 같이 보냅니다. 우리가 부산에서 새로 시작하는 사업입니다.

마닐라 대교구장이신 하이메 신 추기경님께서 교황님을 방문하시러 서울에 오실 예정입니다(교황 요한 바오로 2세는 조선교구 설정 150주년 기념 신앙대회와 103위 성인 시성식을 위해 1984년 5월 3일부터 7일까지 한국을 방문했다). 저는 신 추기경께 편지를 드렸습니다. 한국에서 하는 것과 같은 자선사업을 필리핀에서도 하고 싶은데, 만약 관심이 있으면 만나 논의하자고 했습니다.

백지 상태나 다름없는데, 필리핀에서 어떤 일을 시작하려는 생각은 저를 당황하게 합니다. 당연히 저의 머리는 무척이나 단호하게 '아니요'라고 하고, 마음은 '예'라고 합니다. 저의 마음 깊은 곳에서는 마음보다는 머리를 따르라고 합니다. 하지만 저는 그 어느 곳이든지 성신께서 이끄시는 대로 따를 것입니다.

갱생원 건물 개원식은 5월 29일 할 예정입니다. 미국에서 몇몇 은인들과 친구가 올 예정입니다. 또 5월 15일에는 독일과 스위스에서 비행기 한 대 정도의 은인들이 방문할 예정입니다. 무척이나 바쁠 것 같습니다. 5월 말쯤에는 그리스도회 수사님들의 피정이 있고, 6명의 수사님들이 첫 서원을 할 예정입니다. 그리고 수련자들의 피정도 계획해야 합니다.

　그럼 이만 줄입니다. 하느님의 은총이 늘 함께하시고, 수녀님을 지켜 주시길 빕니다.

예수 부활의 기쁨 안에서

알로이시오 슈월쯔

1984. 5. 11. 금요일

젤뚜르다 어머니께

간단한 몇 줄 편지로 수녀님께 안부 인사 올리며, 건강하시길 기원합니다.

교황님께서 한국에 계시는 동안 우리는 마닐라에서 오신 신 추기경님의 기쁜 방문을 받았습니다. 추기경님은 우리 사업을 보시고 무척이나 인상 깊어하셨으며, 빨리 그리고 강력하게 마닐라에 올 것을 원하셨습니다. 사실 추기경님은 마리아수녀회의 본부를 한국이 아니라 마닐라로 할 것을 충고하셨습니다.

마닐라는 멀지 않습니다. 서울에서 비행기로 겨우 3시간 20분밖에 떨어져 있지 않습니다. 추기경님이 한국을 떠나시기 전에 한 마지막 회의에서, 저는 6월 말쯤 마닐라로 갈 것과 추기경님의 제안에 대해 그 가능성을 연구해 보기로 약속했습니다. 짧은 만남이었지만 추기경님의 제안은 저를 혼란스럽게 만들었습니다. 하지만 어느 곳이든지 저는 성신께서 이끄시는 대로 가볍고 편안하게 따라갈 것입니다.

추기경님은 교황님의 방문지 중에서 소년의 집이 빠진 것에 대해 분개하셨습니다. 그러면서 다음에 로마를 방문해 교황님을 알현하게 되면 꼭 소년의 집에 대해 이야기하겠다고 약속하셨습니다.

지난주 서울 소년의 집 축구부는 시 대항 대회에서 우승을 했습니다. 우리는 무척 기뻤고 자랑스러웠습니다.

추기경님이 방문하신 동안 찍은 사진 몇 장을 같이 보내드립니다. 또한 최근 워싱턴 가톨릭 신문에 이것에 대해 잠깐 언급되었다는 것도 말씀드립니다.

저를 위해 성녀 데레사에게 기도해 주십시오.

알로이시오 슈월쓰

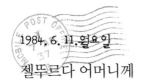

젤뚜르다 어머니께

어제(성신강림일) 부산 소년의 집은 놀랄 만큼 은총이 충만한 하루였습니다. 교황대사님께서 서울에서 내려오시어 하루 종일 우리와 함께 지냈습니다. 대사님은 미사를 집전하시고 3백45명에게 견진을 주셨습니다. 학생들은 잘 준비했고, 견진성사식은 무척 아름다웠습니다.

교황대사님은 아주 크게 감동하셨습니다. 당신을 초대해준 것에 대해 저에게 거듭 거듭 고마워하셨습니다. 그리고 대사님은 당신이 본 모든 것에 대해 큰 찬미를 드렸습니다.

대사님은 3주 전에 서울 소년의 집을 방문하셨습니다. 대사님과 그의 비서는 저와 함께 소년의 집에서 저녁 식사를 같이 했습니다.

대사님은 교황님께서 강복하신 많은 메달과 묵주 그리고 상본을 선물하셨습니다.

교황께서 떠나신 뒤에 알았는데, 교황께서 부산 상공을 비행하시던 중 김수환 추기경께 우리 소년의 집에 대해 이야기하셨다고 합니다. 교황께서는 우리 집 상공을 돌면서 특별 강복을 주셨다고 합니다. 비록 우리는 테이블에 앉도록 허락받지 못했지만 잔칫집 테이블에서 떨어지는 부스러기는 주울 수가 있었습니다.

왜 교황께서 우리 집에 대해 관심을 보이셨을까요? 오보엘 추기경께서는 미국 교황 특사께, 교황께서 우리 집을 방문하실 것을 권하도록 강력히 청하셨습니다. 그러자 특사께서는 오보엘 추기경께 교황께서 한국을 오시는 중 알라스카에서 개인 알현 시간에 우리 소년의 집에 대해 이야기하시겠다고 약속하셨답니다. 이런 연유를 거쳐 교황께서 김수환 추기경께 소년의 집에 대해 질문하신 것 같습니다.

한국의 교황대사께서도 교황께서 소년의 집을 방문하시는 것에 대해 건의하였으나 김수환 추기경께서 강력히 반대하셔서 더 이상 어떻게 하지 못하셨다고 합니다.

갱생원 개원식은 성황리에 잘 마쳤습니다. 서울 시장께서 참석하셨습니다. 외국에서도 손님들이 많이 오셨는데 잘 진행되었습니다.

지난주 저는 그리스도회 수사님들의 피정을 지도했습니다. 금요일에는 6명의 수사님들이 첫 서원을 했습니다. 수사님들은 많이 발전하셨고, 저는 약 10명 정도 더 모집했으면 합니다.

오후에는 서울로 갈 것입니다. 오늘 저녁부터 21명의 수련자를 위해 피정을 시작할 예정이기 때문입니다. 20명 정도 허원할 수 있을 것 같습니다.

금요일 저녁부터 토요일 아침까지는 부산 소년의 집 남학생과 여학생들에게 성신강림절 준비와 견진성사 준비를 위한 피정을 지도했습니다. 우리 학생들의 영적 발전에 대해 무척이나 감사했습니다.

빌려주신 책 너무 고맙습니다. 성 프란치스코는 저에게 또 다른 많은 도움을 줍니다. 이 편지와 함께 책을 돌려 드립니다.

저는 6월 24일 필리핀으로 떠날 예정이며, 10일 정도 머물 계획입니다. 저는 수녀님의 도움을 전보다 훨씬 더 많이 필요로 합니다. 고맙습니다.

알로이시오 슈월쓰

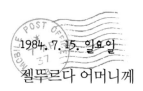

1984. 7. 15. 일요일

젤뚜르다 어머니께

가르멜 산의 성모님 축일을 축하드립니다. 내일 미사 중에 특별 지향으로 수녀님을 기억하겠습니다. 성모님께서 수녀님의 마음에 큰 은총과 축복을 부어 주시기를 기도드립니다.

평소 일요일과 마찬가지로 아침 일찍 서울로 갈 계획이었습니다. 그러나 나의 친구 김 그레고리오 신부가 선종했다는 소식을 듣고 계획이 변경되었습니다. 아침에 그의 장례 미사에 참례하고, 오후에 서울로 갈 예정입니다.

마닐라에서 돌아온 지 2주일이 되어 갑니다. 마닐라에는 10일 정도 머물렀는데, 하루하루가 성총이 가득했고 굉장한 날들이었습니다. 하지만 저는 이루 말할 수 없는 가난과 궁핍을 보았습니다. 그리고 사정은 날이 갈수록 더 심각해지는 것 같았습니다.

많은 생각, 기도, 충고, 그리고 피 흘림 후에 저는 결정했습니다. 그래, 한번 시도해보자!

저는 우리 수녀님들 가운데 세 분을 선택했습니다. 이미 수녀님들은 영어 공부를 시작하였습니다. 영어 교사는 착한 목자회 필리핀 수녀님이시며, 우리를 잘 알고 계시고, 우리가 사업을 시작하면 1년 또는 그 이상 우리를 도와주실 준비가 되어 있는 분들입니다.

마닐라를 떠나기 전에는 남자 직원 한 명을 고용했습니다. 그는 가톨릭 구호 사업체에서 20년 동안 일한 경험이 있는 사람으로, 필리핀에서 실무 책임자로 일할 것입니다. 이달 말에는 한국에 와서 우리 사업에 대해 공부도 할 예정입니다.

고라신스키 신부님을 만났습니다. 그는 미국 사람인데, 병으로 한국을 떠나기 전에 저와 같이 10년 동안 일을 했습니다. 저는 그 신부님이 제가 한국을 비우는 동안 저를 대신해 일할 수 있는지 알아보고 있는 중입니다. 수녀님들은 그 신부님을 무척 좋아하십니다. 여러 방면에서 그와 의견을 나누었습니다.

11월 말쯤에는 마닐라로 가서 2주일 정도 머물 생각입니다. 그동안 수녀님들의 거주지를 찾을 예정입니다. 그리고 2월에는 좀 오래 머물 생각을 하고 마닐라로 갈 생각입니다. 그리하여 부활쯤에는 필리핀 지원자를 모집할 것 같습니다.

이 모험은 알 수 없습니다. 지금 저의 심정은, 예수님께서 베드로 사도에게 안전한 배와 친구를 떠나 물 위로 걸어오라고 하셨을 때, 그때 베드로 사도가 느낀 심정과 조금 비슷한 것 같습니다. 하지만 성신께서 인도하시면 저는 어린이다운 자세로 모험을 할 것이며, 예수님께서 저를 물에 가라앉게 하시거나 죽게 버려두시지 않을 것이라 믿습니다.

저의 건강은 전보다도 더 안 좋아졌습니다. 수녀님의 기도와 희생이 더 많이 필요함을 느끼고 의지합니다.

알로이시오 슈월쓰

젤뚜르다 어머니께

수녀님께 편지를 쓰고 있는 이 아침, 밖에는 심하게 비가 내리고 있습니다. 퍼붓는 비는 우리가 요즈음 받고 있는 성총과 같다는 생각이 듭니다. 전보다 훨씬 많은…. 표현하기 참 힘듭니다. 하지만 거짓 없는 사실입니다.

저의 가족인 가난한 사람들은 계속 늘어납니다. 날마다 많은 어린이들이 들어오고 있습니다. 우리 병원도 늘 만원 상태이며 도움을 청하러 오는 환자들은 계속 늘어가고 있습니다. 갱생원 식구들도 1천7백 명에 육박하며 그 수가 계속 늘어나고 있습니다. 모성원 식구와 우리가 돌봐야 할 신생아 수도 계속 늘어나고 있습니다.

저는 더 많은 공사를 할 계획입니다. 물론 이것은 더 많은 걱정과 문제를 의미합니다. 그러나 이것들은 행복한 걱정이며 은총 받은 염려입니다. 저는 이들을 기쁘게 환영합니다.

저는 방금 부산에서 예비 수녀님들, 남자 고등학생과 여자 고등학생들의 피정 지도를 마쳤습니다. 피정은 대단히 좋았습니다.

세 분 수녀님들은 무척 열성적으로 영어 공부를 하고 계십니다. 그들은 아마 11월쯤 마닐라로 갈 것 같습니다. 저는 다음 주에 며칠 동안 예수회에 가서 개인 피정과 휴식을 취했으면 합니다만 일에서 떠나기가 그렇게 쉬워 보이지는 않습니다.

그리고 아마 10월쯤 사업차 유럽과 미국을 다녀와야 할 것 같습니다. 또 마리아회 1진 수녀님들이 필리핀에 가기 전에 먼저 한 번 더 다녀와야 할 것 같습니다.

성신이 이끄시는 대로 가볍고 즐겁게 하루하루 살아갑니다. 저를 위해 기도해 주십시오.

수녀님의 영육 간의 건강을 빌며

알로이시오 슈월쓰

젤뚜르다 어머니께

보내 주신 편지 고맙습니다. 수녀님으로부터 소식 들어 무척 기뻤습니다. 미사 때마다 수녀님의 지향과 수녀님을 기억하겠습니다.

겸손되이 수녀님께, 성녀 데레사에게 저를 위해 계속 기도해 주시기를 청합니다. 수녀님 같은 가르멜 수녀님들은 성녀의 도움을 특별히 청할 수 있을 것 같습니다.

저는 지금, 이전보다 훨씬 더 성녀의 도움을 필요로 합니다. 그리고 전보다 훨씬 더 데레사 성녀의 겸손하고 사랑스러운 마음을 닮고 싶습니다. 저의 기쁨을 위해서가 아니고 예수님께 기쁨을, 하느님께 영광을 드리기 위해서입니다.

많은 일들로 굉장히 바쁩니다. 때때로 머리가 돌 것 같습니다.

그러면서도 한편으로는 제가 하고 있는 일이 무척이나 보잘것없다는 것을 느낍니다. 저는 일의 성취에 대해서는 많고 적음에 관심이 없습니다. 단지 하느님의 뜻인지 아닌지에 관심이 있습니다. 저의 생각에 하느님께서 저에게 점점 더 많은 것을 요구하시는 것 같습니다.

저는 하느님의 소리를 단순하게 듣고자 노력하며(마음은 마음에게 얘기합니다), 가능하면 후하게, 충실히, 즐겁게 반응하려고 노력합니다. 그러나 이것이 언제나 쉬운 것은 아닙니다. 그리고 때때로 저의 건강은 좋지 못합니다.

다음 달에는 독일과 스위스, 미국 그리고 가능하면 필리핀을 여행해야만 합니다.

어린이들과 수녀님, 수사님들은 모두 잘 있습니다. 그들의 사기는 어느 때보다 좋습니다. 최근 워싱턴 신문에 난 기사를 같이 보냅니다.

그럼, 이만 줄입니다. 안녕히 계십시오.

알로이시오 슈월쓰

1984. 10. 29. 월요일

젤뚜르다 어머니께

두서없이 적는 몇 줄 편지로 수녀님께서 보내 주신 최근 편지에 고맙다는 인사를 드립니다.

내일 유럽과 미국으로 구걸 여행을 떠납니다. 두 주일 정도 걸릴 것 같습니다. 이 기회에 다음 달 16일 수녀님의 축일을 미리 축하드리고 싶습니다. 그날 수녀님을 위해 미사를 봉헌하겠습니다. 하느님께서 수녀님의 마음에 풍성한 은총과 사랑과 거룩함을 부어 주시기를 기도드립니다. 또 하느님께서 수녀님의 말년에 평화와 기쁨과 평온함을 계속 주시도록 기도드립니다.

저는 하느님으로부터 많은 은총을 받고 있습니다. 그러나 그 가운데 평안함은 없습니다. 수많은 문제, 걱정, 위기들이 날마다 있을 뿐입니다. 하지만 평안함 없음을 하느님 안에서 단순하게, 어린이다운 태도로 받아들이려고 노력합니다. 현재로서는 이것이 제가 할 수 있는 최선의 방법입니다.

11월 말, 세 분의 마리아회 수녀님들을 필리핀으로 데리고 가서 정착시키고, 두 주일 뒤에 한국으로 돌아올 예정입니다. 1985년에는 필리핀과 한국을 정기적으로 왔다 갔다 해야 할 것 같습니다. 필리핀 현실은 정치적으로, 또 경제적으로 점점 나빠지고 있습니다.

마닐라 시장과 면담이 있었습니다. 마닐라 시장은 보건사회부 국장과 몇 명의 공무원들을 한국으로 보내 우리의 사업을 둘러보게 했습니다. 그들은 소년의 집 사업을 보고 무척 감명을 받았고, 마닐라에도 같은 자선사업체를 설립해줄 것을 강력히 요청했습니다.

"글쎄요, 시도해보지요."

이것이 제가 할 수 있는 말의 전부입니다. 한국의 소년의 집 사업을 확장한다면 앞으로도 어린이들은 계속 들어올 것입니다. 인간적으로 말하면, 필리핀 사업은 좀 어리석은 일입니다. 그러나 그리스도를 위해서는 어리석음도 필요할 것 같습니다.

수녀님의 기도와 희생은 제가 잘 계산하겠습니다.

알로이시오 슈월쓰

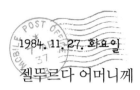

젤뚜르다 어머니께

엘리사벳 축일로 이번 주는 아름다웠습니다. 진실로 모든 가르멜인의 기쁨의 원천입니다. 성녀께 고귀한 관상의 은혜를 위해 기도드렸습니다. 주님의 사업에 효과적이고 좋은 결실을 맺도록 하기 위해 필요하고 쓸모 있는 은혜입니다.

2주간에 걸쳐 유럽과 미국을 다녀왔습니다. 이번 여행은 성공적이었고, 은혜 충만하였으며, 성신께서 인도하신 여행이었습니다.

내일 필리핀으로 떠날 예정입니다. 며칠 뒤 세 명의 마리아회 수녀님들과 만나 합류할 계획입니다. 수녀님들은 거기에 남고, 저는 약 2주 안에 한국으로 돌아올 계획입니다. 내년 2월부터는 한국과 필리핀을 위해 시간을 잘 나눠 써야 할 것 같습니다.

필리핀에 가는 것은 위험을 무릅쓰고 지뢰밭에 뛰어드는 것과 같다는 생각이 듭니다. 그러나 성신께서 이끄시는 대로, 지도하시는 대로 편안하게 달려갈 것입니다.

한국에서는 꽤 바빴습니다. 많은 문제들이 있었지만 전반적으로 볼 때 모든 것이 잘되어 가고 있습니다.

미혼모들은 점점 많이 들어오고 있습니다. 현재 30명이 있습니다. 이것은 우리가 더 많은 신생아를 돌봐야 한다는 뜻이기도 합니다. 대부분의 가난한 미혼모들은 아기들을 남겨놓고 떠납니다.

현재 17명의 수사님들이 갱생원을 돌보고 있습니다. 저는 한 15명 정도 더 있었으면 합니다.

이 짧은 편지를 통해 수녀님의 영육 간의 건강을 빕니다. 만약 어려우시면 답장은 하지 않으셔도 됩니다. 수녀님을 이해합니다. 수녀님은 기도로 답장을 대신하실 수 있습니다. 성녀 데레사께서 기도의 편지를 읽으시고, 제 마음 안에 대답해 주실 것입니다.

알로이시오 슈월쓰

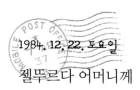

젤뚜르다 어머니께

가장 먼저 수녀님께서 거룩한 크리스마스와 은혜 충만한 새해가
되시길 기원합니다.

수녀님, 안녕하시고 건강하신지요? 크리스마스 기간 동안에 저
는 고백성사와 성세성사 그리고 다른 일들로 무척 바쁩니다. 서울
과 부산에서 약 4백 명 정도 세례를 줄 예정입니다.

2주일 전에 필리핀에서 돌아왔습니다. 1월 말에 다시 필리핀으로
돌아갈 예정입니다. 마닐라 오른쪽 중심부에 있는 넓은 땅을 계약했
습니다. 이 땅은 우리 사업의 기초가 될 것입니다. 우리는 가난한 환
자들을 위한 외래 진료소도 열 예정입니다. 그리고 한국에 세운 것
과 비슷한 종합병원과 소년의 집과 소녀의 집을 세울 생각입니다.

물론 많은 문제점과 어려움이 있습니다. 이 때문에 때때로 현기증을 느낍니다. 마치 줄 위를 걷는 것처럼 말입니다. 하지만 마음 깊은 곳에서는 바른 길을 가고 있고, 궁극적으로 하느님의 명예와 영광을 위한 일 이라고 느끼고 있습니다. 이것이 전부이며, 이것은 참으로 중요합니다.

저를 위해 기도해 주십시오. 제가 수녀님을 위해 기도하는 것처럼….

알로이시오 슈월쓰

1985

젤뚜르다 어머니께

저의 머리가 조금 피곤해 편지가 예정보다 며칠 늦었습니다. 그러나 저는 수녀님께서 성모님 축일에 이 편지를 받으시기를 원합니다. 그리고 진심으로 수녀님께서 건강하시고 안녕하시길 바랍니다.

마닐라에서 2주일 전에 돌아왔습니다. 한국의 모든 일들이 잘되어 가고 있음을 말씀드릴 수 있어 기쁩니다. 제가 없는 동안 수녀님들은 자신들의 임무를 아주 잘 수행했습니다. 수녀님들은 더 책임감이 강해지고, 판단도 정확해졌으며, 모든 면에서 성숙해졌습니다. 이 현상들은 우리의 미래를 위해 너무나 좋은 일이 아닐 수 없습니다.

아이들도 제가 없는 동안 최선을 다하였습니다. 수녀님들은 어린이들에게 정서적으로 또 영신적으로 우리의 필리핀 사업에 관해 잘 이해시켰습니다. 어린이들은 비행기로 3시간 거리에 있는 필리 핀 형제, 자매들을 위해 희생하고 기도하였습니다. 그 결과 그들의 좁은 시야가 열리고, 그들의 안목이 더 넓어지고 높아졌습니다.

그동안 총 6주 동안 필리핀에서 지냈습니다. 이제 네 번째로 필 리핀으로 갈 계획인데, 이번에는 한 달이나 두 달을 머물 계획입니 다. 그리고 한국으로 돌아와 한두 달 머물 계획입니다. 필리핀에서 한국으로 돌아올 때쯤이면, 저의 몸과 마음은 완전히 지친 상태가 됩니다.

필리핀에 머무는 동안 두 가지 실제적인 체험을 했습니다. 저의 삶 안에 현존하시는 달콤한 예수님과 아주 가까이 있는 마귀(몹시 분노하는 마귀)였습니다. 그리고 매순간마다 저는 십자가를 경험했 습니다. 십자가 안에서 새로운 힘과 평화, 기쁨을 경험했습니다. 저 의 십자가가 주는 고통의 선물(정신적으로, 감정적으로, 그리고 육체적으 로)은 계속됩니다. 하지만 저는 내적으로 신음하면서도 동시에 어 린이답게 고마움의 노래를 합니다.

수녀님께서 좋아하실 것 같아 필리핀 사진 몇 장 보내 드립니다. 저는 수녀님의 기도를 신뢰하며 마닐라 사업을 곧바로 시작하였습니다. 시내 중심부에 아름다운 땅이 있습니다(약 6만 평). 이 땅 한 가운데에 결핵 환자들을 위한 40년 된 아주 크고 튼튼한 건물이 있습니다. 재정적인 어려움 때문에 필리핀 정부는 이것을 처분하려고 합니다. 지금 현재는 약 5백 명 정도의 환자들이 있습니다(이 건물은 수용 인원이 2천 명이나 됩니다). 이 건물은 필리핀에 있는 결핵 환자들을 위한 유일한 시설입니다. 가난과 영양실조, 과다한 노동, 그리고 불결한 위생 때문에 결핵은 필리핀 사람들의 사망 원인 가운데 1위를 차지하고 있습니다. 그리고 그 수는 점점 더 늘어나고 있습니다. 결핵은 진정 '가난의 병'입니다.

저는 정부 고관을 만나 필리핀의 결핵 사업을 우리들에게 넘겨줄 것을 건의했습니다. 저는 건물을 보수하고 운영비 전부를 부담하겠다고 했습니다. 이 시설을 완전 무료로 운영하고, 절대적으로 가난한 사람에 한해서만 혜택을 주려고 합니다. 현재 수많은 결핵 환자들이 복음의 나자로처럼 죽어가고 있습니다. 이것은 너무나 애처롭습니다.

우리는 한국에서 15년 이상 결핵 환자들을 돌본 경험이 있고, 그것은 성공적이었습니다. 기본적으로 결핵은 영양가 있는 음식과, 따뜻하고 깨끗한 환경을 마련해주면 대부분 치료가 됩니다. 여기에다 정성과 영신적인 환경과 최소한의 약이 필요합니다. 또한 결핵 환자들은 조금만 지도하고 도와주면 반 관상 생활로 이끌 수 있습니다. 우리는 환자들을 도와주어 치유시키고, 그들은 기도와 희생으로 우리를 지지해 줍니다.

이 결핵 영양소는 소년의 집과 소녀의 집(거리의 아이들을 5천 명까지 수용 가능한 규모) 그리고 병원을 짓기 위해 사들인 땅과 아주 가까이 있습니다.

문제와 어려움은 헤아릴 수 없이 많습니다. 이것에 관해 여기서 논할 시간은 없습니다. 다만 수녀님 기도 중에 지향을 두시고 기억해 주십시오. 또 한 가지 기도 중에 기억해주실 것은, 이틀 전 교황 대사님과 저녁을 함께 했습니다. 그때 대사님께서 몇 가지 경고를 하셨습니다. 몇몇 사람들이(아마도 한국 주교님들) 저와 우리 수녀님들을 문제 삼고 있는 것 같습니다. 만약 한국 주교님들이 우리가 가난한 사람들에게 봉사하는 데 있어 손가락 까딱할 만큼이라도 도와주셨다면 저는 굉장히 놀라 심장마비를 일으켜 죽었을 것입니다. 어쨌든 지금 이 시간, 이것은 저에게 굉장한 스트레스를 보태는 것이고, 저는 그 압력을 느낍니다.

그럼 이만 줄이며, 부활 미사 때 수녀님을 기억하겠습니다,

알로이시오 슈월쓰

1985. 4. 19. 금요일

젤뚜르다 어머니께

최근에 보내 주신 메모 고맙습니다. 수녀님으로부터 소식 듣는 것은 언제나 기쁩니다. 만약 번거롭지 않으시다면 지난번에 보내 드린 필리핀 사진을 돌려주셨으면 고맙겠습니다. 저는 그 사진을, 수녀님이 표현하셨듯이 '어떤 사람의 마음을 여는 데' 쓰려고 합니다.

지난 일요일 교황대사님과 비서께서 우리 집(소년의 집)을 방문하셨습니다. 그분들은 3시간 정도 머물면서 저녁 식사도 함께하셨습니다. 대사님께서는 서울 소년의 집을 세 번째 방문하셨습니다. 대사님은 친절하시고, 신사적이시며, 우리 사업에 무척 관심이 많으십니다.

한국 주교님들도 이렇게 좋은 의향과 열린 마음으로 우리를 방문해 주셨으면 합니다. 요즈음 주교님들은 우리에게 큰 압력을 가하고 있습니다. 머지않아 수녀회를 해체시킬 것이라는 이야기까지 들려 옵니다.

지난 20년 동안 그들은 우리를 도우는 일에 손가락 하나 까딱하지 않았습니다. 대신 끊임없이 우리 사업의 성장과 성공을 훼방 놓았습니다. 이런 방해와 훼방은 제가 필리핀으로 사업을 확장하는 모험을 하게 된 것과 간접적으로 관련이 있습니다. 이것은 대단히 난해하고 복합적인 것이어서 저 자신도 이해하기 곤란합니다. 저는 지금보다 더 수녀님께 잘 설명해 드릴 수가 없습니다. 그러나 이 것은 새로운 회원 모집에 부정적인 영향을 주는 것 같아 걱정스럽습니다.

우리 사업은 계속 성장하고 있고, 앞으로 더욱 더 번창할 것입니다. 그러므로 저는 절대적으로 더 많은 수녀님들이 필요합니다.

이 글을 보면 우리 사업은 외적인 것만 가득한 것 같습니다. 하지만 수녀님들과 우리 아이들은 지금 그 어느 때보다 행복하게 즐겁게 생활하고 있습니다. 게다가 우리의 자선사업은 더욱 더 풍성한 열매를 맺고 있습니다.

저는 다음 주에 왜관의 베네딕도 수도원에서 며칠 피정을 합니다. 저로서는 일에서 벗어난다는 것이 너무나 어렵습니다. 늘 할 일이 태산같이 쌓여 있고, 수많은 문제들이 제 마음 안에 있기 때문입니다.

계속해서 저와 우리 아이들, 우리 수녀님들을 위해 기도해 주십시오. 저는 이 일이 환상이라고는 생각하지 않습니다. 이것은 진정 위대하고 아름다운 일이며, 성신께서 우리와 함께하십니다.

이것이 만약 하느님의 뜻이라면 사라지지도, 없어지지도 않을 것입니다. 이것은 확실히 저 개인적으로는 고통스럽습니다만, 그러나 이것은 세상 끝날 때까지는 아닐 것입니다. 제 생각에 저는 늘 이것과 함께 살아갈 것이며 편안하게, 가볍게, 기쁘게 행동할 것입니다.

알로이시오 슈월쓰

1985. 6. 6. 목요일

첼뚜르다 어머니께

수녀님께 메모 받았습니다. 죄송합니다. 여기 있는 저희들은 수녀님의 기쁨과 환희를 함께 나누지 못했습니다.

요즈음 저희들은 큰 압력과 협박으로 어려움을 겪고 있습니다. 이 문제는 너무나 복잡하고, 우리의 사업 확장과 관해 여러 가지 걸림돌이 되고 있습니다. 이 때문에 우리는 너무나 많이 걱정하고 있습니다. 그런데도 문제를 해결하기는 쉬워 보이지 않습니다. 하지만 저는 크게 걱정하지 않습니다. 걱정거리들은 저의 가장 오래되고 친근한 동반자입니다. 이들이 없으면 저는 무척 외롭고 심심할 것입니다.

계속 기도 부탁드립니다(제게 필요한 것은 오직 이뿐입니다). 하느님의 뜻을 밝히 보고, 이것을 이룰 힘을 청하는 것입니다.

내일 서울로 올라갑니다. 그리고 화요일 필리핀으로 떠납니다.
수녀님께서 건강하시길 바라며….

알로이시오 슈월쓰

1985. 9. 7. 토요일

젤뚜르다 어머니께

긴 더운 여름, 많이 힘들지 않으셨기를 바랍니다. 기도 중에 주님께서 수녀님께 건강과 용기와 힘을 계속 주시도록 간청하였습니다.

오랫동안 편지 못했음을 용서해 주십시오. 시간이 없음이 문제가 아닙니다. 이상하게 들리실지 모르지만 사실 저는 제 손 안에 많은 시간을 쥐고 있습니다. 그러나 자주, 원하는 만큼 효과적으로 시간을 사용하지 못하고 지나치게 서두는 것 같습니다.

필리핀에서 2주일 전에 돌아왔습니다. 그리고 다가오는 월요일, 3주일 정도 일정으로 유럽과 미국을 다녀올 예정입니다.

필리핀 사업은 헤아릴 수 없을 만큼 많은 문제가 있습니다. 이것은 지극히 정상입니다. 제 생각에는 성신께서 우리 일 위에 머물러 계시면서 우리를 지도하시고, 인도하십니다. 비록 제가 우리의 최종 목적지를 확신할 수는 없지만….

필리핀에는 세 명의 한국 수녀님들과 세 명의 필리핀 지원자들이 있습니다. 그들은 용기 충만하고, 자기희생적이며, 자신들을 완전히 봉헌하였습니다.

우리는 필리핀 정부 소유의 결핵 병원 두 병동을 인수했습니다. 그래서 현재 2백 명의 환자들을 책임지고 돌보고 있습니다. 하루에 두 번 수녀님들이 방문하여 좋은 약과 영양가 있는 음식, 그리고 영신적인 평화를 주고 있습니다. 머지않아 그 효과는 놀라울 것입니다.

결핵은 필리핀에서 첫째가는 의료 문제입니다. 가난한 사람들의 50퍼센트 이상이 이 병에 걸리고 있습니다. 수녀님께서 아시는 바와 같이 우리는 한국에서 15년 동안 두 곳에서 가난한 결핵 환자들을 위한 사업을 해오고 있습니다. 결핵 환자들은 마리아수녀회의 관상 성소를 담당하고 있습니다. 비록 그들은 거의 교육을 받지 못했지만, 그들은 쉽게 기도하는 법을 배우고, 기도하기를 즐기며, 열성적으로 기도합니다.

또 우리는 약 2백 명 정도의 마닐라 어린이들을 처음으로 받았습니다. 그들은 우리를 만나기 전에 거리에서 떠돌던 아이들이었습니다.

한국은 모든 것이 잘되어 가고 있습니다. 병원들은 굉장히 바쁩니다. 그리고 모성원 사업도 확장할 예정입니다. 오늘 오후에는 졸업생 두 쌍에게 혼인성사를 집전할 예정입니다. 저를 위해 계속 기도 부탁드립니다.

알로이시오 슈월쓰

첼뚜르다 어머니께

오늘 아침 미사 중에 수녀님은 제 생각 안에 계셨습니다. 저는 성녀 데레사께 성녀의 힘과 기쁨, 놀라운 용기가 수녀님 마음에 충만하시길 기도드렸습니다.

수녀님으로부터 소식 받은 지가 오래된 것 같아 걱정스럽습니다. 진심으로 수녀님께서 영육으로 건강하시길 바랍니다.

3주 동안의 외국 여행을 마치고 며칠 전에 돌아왔습니다. 독일과 스위스, 그리고 미국에 다녀왔습니다. 미국을 떠나기 전 4일 동안 트라피스트 수도원에서 피정을 했습니다. 수도원에 머물면서 수사님들과 함께 생활할 수 있도록 허락을 받았습니다. 그곳에 머무는 동안 은혜가 충만했습니다. 관상 생활의 매력을 발견할 수 있었기 때문입니다. 하지만 그것이 제 몫이 아니라는 것은 잘 알고 있습니다.

저의 길은 행하고, 걱정하고, 책임지고, 계속적으로 계획하고, 일하고, 어려움에 직면하고, 그리고 수많은 문제와 압력, 어려움을 이겨내는 것입니다. 성신께서 저를 이런 길로 인도하신 것 같고, 그래서 저는 가볍게, 기쁘게, 그리고 완전히 맡기고 최선을 다해 이 길을 따라갈 것입니다.

한국은 모든 것이 잘되어 가고 있습니다. 수녀님과 어린이들의 수준이 계속 발전하여 대단히 높은 수준에 있습니다. 많은 실수와 실패를 거듭함에도 불구하고 수녀님들과 어린이들은 형제애와 사랑으로 놀라운 조화를 이루어 갑니다. 우리는 이것을 너무나 고마워하고 있습니다.

마닐라 소식은, 수녀님들은 우리 사업체 안에서 약 40명의 가난한 아이들을 돌보고 있으며, 정부에서 운영하는 병원에서는 약 2백명의 가난한 결핵 환자들을 돌보고 있습니다.
저는 이달 말에 마닐라를 떠나 한국으로 갈 예정이며, 한국에는 6주 정도 머물 것 같습니다.

편지를 마치기 전에, 저의 미래를 약속할 수 없기에 11월 16일 수녀님의 축일을 미리 축하드리며, 그날 수녀님의 의향을 위해 미사를 봉헌하겠습니다.

알로이시오 슈월쓰

1986·

젤뚜르다 어머니께

수녀님의 친절하고 사려 깊은 편지 고맙습니다. 저의 축일에 저를 기억해주셔서 고맙습니다.

마닐라에서 6월 21일 돌아왔습니다. 부산에서 졸업생들과 함께 저의 축일을 지내기 위해서입니다. 이것은 그들을 반나절 피정과 기도로 이끄는 좋은 구실이 됩니다. 피정 후에 바로 미사를 드리고, 저녁 식사를 하고, 예술제를 관람하였습니다. 약 2백 명의 졸업생들이 참석했습니다.

그들은 소년의 집을 아주 사랑하고, 저를 절대적으로 신뢰합니다. 그들은 자기들끼리 돈을 모아 새 자동차를 구입해 저에게 선물했습니다.

우리를 떠나 사회에 들어간 그들은 최선을 다하지만 신앙생활을 잘 하기란 무척 어렵습니다. 현대 사회는 물질적이고 향락적입니다. 그러나 그들은 좋은 의향을 가지고 최선을 다해 살아가고 있습니다. 하지만 아직 그들은 영신적 인도와 지도, 그리고 도움이 더 많이 필요합니다.

올해 우리는 소년의 집과 소녀의 집에서 약 1백20명의 졸업생을 배출할 예정입니다. 올해 졸업생들은 삼성과 현대에서 치르는 입사 시험에서 좋은 성적을 거두었습니다. 사실, 우리 학생들은 큰 기능사 시험에서 모두 1등을 했습니다. 너무나 자랑스럽지 않을 수 없습니다.

대부분의 여학생들은 졸업 뒤에 우리 집에 남습니다. 이들은 유치원에서 어린이들을 돌보고, 병원과 세탁실에서 일합니다. 이것은 마리아수녀회 '3회' 같습니다. 우리는 그들에게 월급을 주고, 그들 대부분은 이 돈을 모아 결혼할 때 사용합니다.

한국과 필리핀의 자선사업은 날로 성장하고 있습니다. 한국은 작은 아이들이 점점 늘어나고 있습니다. 그래서 약 4백 명을 수용할 수 있는 또 다른 건물을 지어야 합니다. 공사는 이달 말에 시작할 것입니다.

그리고 집 없고 버림받은 장애인들이 점점 더 많이 갱생원으로 실려 오고 있습니다. 저는 서울에 약 1천2백 명이 수용 가능한 건물을 지을 계획입니다.

마닐라에서는 임시 사업체 안에서 3백65명의 아이들을 돌보고 있습니다. 여기에는 이 아이들을 위한 학교도 있습니다. 지난달에는 1천5백 명을 수용할 수 있는 소년의 집과 소녀의 집 기숙사와 학교 공사를 시작했습니다.

그리고 두 달 안에 4백 명을 수용할 수 있는 병원 건물 공사를 시작할 예정입니다. 정부 시설인 마닐라 결핵 병원에서 1천 명의 환자도 돌보고 있습니다.

우리에게는 15명의 지원자가 있습니다. 우리는 그들을 무척이나 신중하게 선택하였으며, 제 생각에는 초창기 그룹으로 아주 훌륭하다고 생각합니다. 신 추기경께서는 계속해서 우리를 잘 도와주십니다. 추기경님은 대통령께 우리 사업에 대해 이야기하여 대통령께서 저를 만나고 싶어 하십니다. 저는 한국에 오기 직전에 대통령을 만났습니다. 대통령은 대단히 믿음이 좋고, 인정이 많으며, 용기 있는 여성으로 보였습니다.

일이 많아지므로 문제도 많고(걱정들, 위기), 그리고 어려움이 많습니다. 그러나 저는 이 모든 것을 환영합니다. 그리고 철저하게 즐깁니다. 사실 이것들이 없으면 저는 외롭고 허전할 것입니다.

더욱 더 많은 지혜와 현명함이 필요합니다. 저는 이것이 언제나 부족합니다. 많은 용기와 힘도 필요합니다. 이것 역시 때때로 저에게는 부족합니다. 높은 덕도 필요합니다. 이것도 평소에는 불완전합니다. 그러나 그 어떤 것보다 수녀님의 기도와 희생이 더 많이 필요합니다. 사실 모든 은총은 수녀님의 숨은 피 흘림의 발산임을 확신합니다.

저는 수녀님께서 'Nunc Dimittis(시메온의 노래)'를 노래하고픈 마음을 이해하며, 본국으로 떠나고 싶으신 것도 이해합니다. 그러나 아마도 하느님께서 수녀님을 여기 두시는 이유는 저의 부족함과 모자람을 보충하기 위해서인 것 같습니다.

그러나 저는 비록 수녀님께서 떠나신다고 하더라도 저를 잊지 않으시고 계속 저를 도와주시리라 확신합니다. 성녀 데레사와 같이 수녀님께서는 돌아오시어 내세에서도 이 현세를 위해 일하실 것입니다.

수녀님을 위해서 계속 기도하겠습니다.

미사 중에도 기억하겠습니다.

알로이시오 슈월쓰

젤뚜르다 어머니께

영육으로 늘 건강하시길 빕니다. 수녀님은 언제나 제 마음속에 함께 계십니다. 아침 미사성제를 드릴 때마다 저와 함께 계십니다. 그리고 수녀님께서 주님 대전에서 기도하실 때마다 저도 수녀님과 함께 있음을 저는 알고 있습니다.

많은 소식과 많은 사건들, 때때로 저는 현기증을 느낍니다. 지금 저는 타자기 앞에 앉아 있습니다. 그러나 어디서부터 시작해야 할지 잘 모르겠고, 무엇을 이야기해야 할지, 무엇을 써야 할지 잘 모르겠습니다.

2주일 전에 마닐라에서 돌아왔습니다. 그동안 서울 수녀님들의

5일 피정을 지도했습니다. 다음 주에는 부산 수녀님들의 피정을 지도할 계획입니다. 피정을 하는 동안 하루 종일 성체 현시를 했습니다. 이는 놀랄 만큼 영신적인 환경을 만들어 기도에 무척 효과적이었습니다. 아무튼 우리의 두 영신적인 지주는 성체 신심과 성모(성체의 어머님) 신심입니다.

내일은 저의 56번째 생일이며 또 한국의 추석입니다. 부산 소년의 집은 6마일 마라톤 경주를 할 예정인데, 산을 돌아오는 코스입니다. 6백 명의 학생들이 이미 등록을 했다고 합니다. 학생들은 저와 같이 달리기를 좋아합니다. 그들은 이 경주를 대단히 기대하고 있습니다. 저도 이 경주에 등록을 했습니다. 마닐라에서도 월요일마다 학생들과 마라톤을 했습니다.

마닐라에는 3백78명의 아이들이 있습니다. 그들은 놀라운 발전을(특히 영신적으로) 하고 있습니다. 그리고 1천 명의 결핵 환자들을 돌보고 있는데, 병원 공사가 끝날 때까지는 정부 병원에서 일하고 있습니다.

성체를 모신 성당을 준비했고, 수녀님은 날마다 교리를 가르치고, 환자들과 함께 기도하며, 고백성사 준비를 시킵니다. 그들의 반응은 아주 좋습니다.

현재 13명의 필리핀 청원자들이 있습니다. 그들은 우리 일을 아주 기뻐합니다. 그들은 열린 마음을 갖고 있고 무척 긍정적입니다. 그리고 아주 좋은 정신을 가지고 있습니다.

마닐라에 있는 소년, 소녀의 집은 내년 6월 말이면 사용할 수 있을 것 같습니다. 이 건물은 1천5백 명 정도 수용 가능합니다. 저는 많은 수녀님들이 필요합니다. 신 추기경님께서는 수도자 모집을 비롯해 우리 일을 적극적으로 도와주시고 계십니다.

이만 줄이며, 하느님의 돌보심이 함께하시길….

알로이시오 슈월쓰

첼뚜르다 어머니께

오랜만입니다. 비록 저의 편지가 적고 뜸하였지만 수녀님은 늘 저의 생각 중에, 그리고 기도 안에 계셨습니다. 저는 수녀님의 축일인 11월 16일을 특별히 기억하였습니다.

저는, 수녀님의 많은 연세와 보이지 않는 아픔과 고통을 견뎌야 하는 것을 수녀님께서 큰 십자가로 느끼고 계심을 잘 알고 있습니다. 그러나 저는 확신합니다. 수녀님께서는 이 모든 것을 당신을 사랑하시는 예수님 안에서 이겨내실 것입니다.

저의 역할이 점점 더 마르타와 같아지는 것 같습니다. 저는 많은 시간 걱정하고, 문제로 보고, 그렇게 중요하지 않는 일에도 지나치게 긴장합니다.

2주일 전에 필리핀에서 한국으로 돌아왔는데, 다음 주에 다시 필리핀으로 돌아가야만 합니다. 4백 명의 필리핀 아이들을 교육시키고 있습니다. 하지만 우리 시설은 임시변통이고, 비상수단이므로 지나치게 복잡합니다. 그런데도 필리핀 어린이들은 축복 받은 천성이 부드럽고 명랑한 성격이어서 잘 싸우지 않습니다. 그들은 아주 능동적이므로 다루기가 아주 쉽습니다. 또한 필리핀 어린이들은 정확한 지시 후에는 물 위의 오리들처럼 기도합니다.

마닐라 소년의 집과 소녀의 집 공사는 잘 진행되고 있습니다. 만약 이대로 별 탈 없이 진행된다면 내년 6월에는 들어갈 수 있을 것 같습니다. 우리는 새로운 건물에 1천7백 명의 아이들을 수용하고 교육시킬 계획입니다. 신 추기경님의 승인 아래 결핵 병원 안에 성체를 모신 성당을 준비하였습니다.

필리핀 사업을 시작한 지 1년 정도 됩니다. 수녀님들은 날마다 환자들에게 교리를 가르치고, 성체를 받아 모실 수 있도록 준비시키며, 기도하는 방법도 가르칩니다. 환자들은 아주 가난하고 어려운 환경에서 오신 분들이 대부분인데, 많은 것을 어린이처럼 단순하게 받아들입니다. 고통 받는 결핵 환자들은 우리 마리아수녀회의 관상 성소를 담당하고 있습니다.

마닐라 결핵 사업의 시작은 결과가 아주 훌륭해 보입니다. 현재

2백 명의 입원 환자와 8백 명의 외래환자를 돌보고 있습니다. 그런데도 아직 많이 부족합니다. 죽어가는 가난한 환자들이 거리로부터 몰려오고, 그들은 복도에서 자면서 우리 병원이 받아주기를 기다리고 있습니다.

결핵은 필리핀의 '국민병'입니다. 3명 가운데 1명은 이 병에 걸려 있습니다. 결핵은 대부분 영양결핍과 과도한 육체노동, 열악한 주거 환경 때문에 생기는 병입니다. 그래서 '가난의 병'이라고 합니다.

우리는 마닐라 병원의 필리핀 의사와 미국의 전문의들의 의견을 수렴해 6주 입원 치료와 6개월 동안의 외래 치료 프로그램을 고안했습니다. 우리는 가능한 한 환자들에게 최고의 약을 사용하고, 균형 있는 영양과 교육, 그리고 영적 지도를 제공합니다. 필리핀에서 우리 같은 사업은 처음 있는 일입니다. 이 사업의 초기 결과는 대단히 만족스럽습니다.

그렇지만 우리가 하고 있는 일은 아주 일부분에 지나지 않습니다. 가난은 넘치고 넘쳐 납니다. 그러므로 저는 무엇인가 더 해야만 합니다. 만약 하느님께서 길을 보여 주시면, 저는 그 길을 따를 것입니다.

한국의 모든 사업은 잘되어 가고 있습니다. 물론 많은 문제가 있습니다. 그러나 이것은 예상했던 것입니다. 만약 아무 문제도 없다면, 저는 심심해서 죽을 것입니다. 때때로 저는 개인 기도 시간을 좀 더 가졌으면 합니다. 두 달에 한 번씩이라도 일을 떠나 며칠 동안 개인 피정을 했으면 하는 마음이 간절하지만, 시간이 갈수록 시간 내기는 점점 더 어려워집니다.

저는 늘 수녀님의 기도와 희생에 의지하고 있습니다. 이 기회에 미리 성탄 인사를 드립니다. 성스러운 성탄 되시고 희망찬 새해 되십시오. 저는 이번 성탄절에 3백 명에게 세례를 줄 예정입니다.

알로이시오 슈월쓰

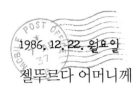

첼뚜르다 어머니께

성스러운 성탄절과 축복받은 새해가 되시길 빕니다.

2주 전에 마닐라에서 돌아왔습니다. 어느 때보다 바빴습니다. 이번 성탄에는 4백여 명이 세례를 받을 예정인데, 3백40명의 아이들과 40명의 갱생원 원생과 30명의 구호소 결핵 환자, 그리고 4명의 미혼모입니다. 그리고 많은 고백성사가 있습니다.

성탄 준비로 서울 수녀님들에게 1일 피정을 지도했습니다. 내일은 부산 수녀님들에게 똑같은 피정을 지도할 예정입니다.

성탄절 아침에 부산에서 새벽 미사를 드리고, 서울로 가서 조금 늦게 소년의 집과 갱생원에서 미사를 드릴 예정입니다. 그리고 저녁에는 아이들의 예술제를 관람할 계획입니다. 교황대사님을 저녁 식사와 예술제에 초대하였는데, 대사님은 기쁘게 초대를 받아들였습니다.

일주일에 한 번씩(때로는 일주일에 두 번) 서울과 부산을 오가는 것이 때때로 힘이 듭니다. 그리고 한 달에 한 번(또는 2주일에 한 번) 필리핀과 한국을 오가는 것도 힘겹습니다. 그러나 하느님께서는 저에게 힘을 주시는 것 같습니다. 남지 않고 꼭 필요한 만큼만….

지혜에서도 마찬가지입니다. 날마다 저는 많은 문제를 해결해야 하고, 결정해야 하는데 때때로 한계를 느낍니다. 그러나 여기에서도 하느님은 저에게 필요한 지혜를 주십니다. 그러나 넘치지 않게….

어린이들과 갱생원 아저씨들, 병원 환자들을 비롯해 제가 한국에서 책임져야 할 식구는 약 7천 명입니다. 그리고 마닐라에 4백80명의 어린이와 1천 명 정도의 결핵 환자들이 있습니다.

1월에 영신적인 휴식과 재충전을 위해 일주일 정도 피정을 했으면 하는데 잘될지 모르겠습니다. 1월 달에는 수녀님들 연 피정이 있고, 세 번의 졸업식을 주관해야 하고, 1월 말에는 마닐라로 돌아가겠다고 약속을 했습니다.

저는 더욱 더 수녀님의 기도와 희생에 의존하고 있습니다. 수녀님께서는 어느 날 수녀님의 기도와 희생이 이루어놓은 큰 은총과 자비를 알고 놀랄 것입니다. 성탄절 미사 때 특별한 방법으로 수녀님을 기억하리라 약속드립니다.

추운 날씨가 수녀님을 무척이나 힘들게 할 것 같습니다. 또한 수녀님의 많은 연세와 병약함, 서툰 한국말에 따른 고독의 짐은 날마다 그 무게를 더할 것 같습니다. 이 짧은 편지가 수녀님께 잠시라도 기쁨이 되었으면 좋겠습니다.

알로이시오 슈월쓰

1987

1987. 1. 24. 토요일

젤뚜르다 어머니께

수녀님께서 12월 29일에 보내신 친절한 편지를 이틀 전에 받았습니다. 왜 이 편지가 저에게 이렇게 늦게 도착한지는 잘 모르겠습니다. 하지만 늦게나마 소식 듣게 되어 기쁩니다. 저는 수녀님께서 건강하시고, 활동에 불편이 없으시고, 무엇보다 정신과 마음이 깨끗하시다는 소식을 듣고 나니 행복합니다.

내일 서울로 가서 월요일에 마닐라로 갈 예정입니다. 마닐라 사업은 잘 진행되고 있습니다. 우리는 현재 4백 명 이상의 아이들을 돌보고 있고, 약 1천 명의 가난한 결핵 환자들을 돌보고 있습니다. 우리 병원 건축이 끝날 때까지는 정부 시설에서 일하고 있습니다. 저의 계획은 3월에 병원 건물 공사를 시작했으면 합니다. 소년,

소녀의 집 공사는 잘 진행되어 6월 말이면 들어갈 수 있을 것 같습니다.

가장 큰 문제는 인원입니다. 저희에게는 많은 필리핀 수녀님들이 필요합니다. 현재 우리는 3명의 한국 수녀님과 11명의 필리핀 수녀님들이 있습니다. 하지만 충분하지 않습니다. 문의를 하거나 지원하는 사람은 많지만 입회하는 사람은 적습니다. 추수할 일꾼을 달라고 기도해 주십시오.

지난 수요일 서울에서 그리스도회 수사님들을 대상으로 하루 피정을 지도했습니다. 수사님들은 겸손하고, 성실하며, 자기희생적입니다. 더 이상 무엇을 바라겠습니까? 그들은 2천3백 명이 넘는 갱생원 원생들을 아주 잘 지도하고 있습니다.

지난주에는 허원 수녀님들에게 연피정을 지도하기도 했습니다. 날마다 성체 현시를 하였으며, 수녀님들의 영적 생활은 많이 진보한 것 같습니다. 또 어제는 부산에서 중학교 졸업식(217명)과 고등학교(134명) 졸업식이 있었습니다. 서울에서는 3백여 명의 초등학생이 졸업을 했습니다.

큰 걱정거리 가운데 하나가 돈입니다. 작년 한 해 동안 1천3백만 달러 이상을 자선사업과 한국과 필리핀에서 짓고 있는 공사비로 사용했습니다. 저의 걱정은 단지 돈 사용이 늘어난 것만이 아니라, 효과적으로 하느님의 영광을 위하여 잘 사용하고 있는가, 하는 것입니다.

오늘은 이만 줄이겠습니다. 건강에 유의하시고, 하느님 축복 가득하시길….

알로이시오 슈월쓰

1987. 3. 13. 금요일

젤뚜르다 어머니께

수녀님의 좀 근심스러운 소식을 들은 뒤부터 지금까지 오랜 시간이 흘렀습니다. 저는 수녀님께서 영육으로 건강하시길 늘 바라고 있습니다.

저는 계속해서 열정적인 방랑의 생활(마닐라와 서울, 부산을 끊임없이 오가는 생활)을 하고 있습니다. 때때로 저는 조금씩 지치는 것을 느낍니다. 그러나 하느님께서는 제가 감당할 만큼의 힘과 건강을 주십니다. 남지도 않고 모자라지도 않는, 다만 적당히…. 그러나 성신께서 저의 자선사업 전체를 굽어보시고, 성신께서 풍성한 은총을 내려 주시는 것은 틀림없습니다.

마닐라 소년의 집 공사는 잘 진행되고 있습니다. 우리는 현재 임

시 사업체에서 4백30명의 아이들을 돌보고 있습니다. 공사가 끝나는 6월에 약 1천 명의 다른 가난한 아이들을 받을 계획입니다. 새로 올 아이들을 위한 25명의 새 교사 채용 문제로 무척 바쁘게 지내고 있습니다.

저의 주된 걱정은 마리아수녀회 필리핀 지원자 모집입니다. 현재 15명의 지원자가 있으나 새로 들어올 아이들을 위해서는 15명 정도가 더 필요합니다. 지원자는 많지만 신중하게 선택하기 때문에 10명 가운데 한 명 정도가 합격합니다.

지난 2월 24일 신 추기경님께서 우리가 약 2년 동안 운영하고 있는 결핵 병동을 방문해 1천여 명의 환자(9백 명은 외래환자이고 1백 명은 입원 환자)들을 만나고 가셨습니다. 추기경님은 미사를 집전하시고, 아주 아름다운 강론을 해 주셨습니다. 이것은 획기적이고 은혜 충만한 일이 아닐 수 없습니다. 미사 뒤에 추기경님은 우리 자선사업을 둘러보시고 굉장히 감명 깊어하셨습니다. 추기경님은 이 사업과 우리에 대해 대통령에게 이야기하겠다고 했습니다.

저는 곧 결핵 병원 공사를 착공할 예정입니다. 다음 주에 마닐라로 갈 예정입니다. 그리고 모든 것이 순조로우면 4월에 병원 공사를 시작할 것입니다.

열흘 전에는 부산의 고등학생 축구부가 부산 축구 경기대회에서 우승을 했습니다. 또 어제는 중학생들이 우승을 했습니다. 이 작은 영광은 아이들을 기쁘게 하고 자신감을 갖게 하는 데 큰 효과가 있습니다.

저는 대부분의 시간을 필리핀과 한국 수녀님들과 아이들의 영적 성장을 위해 사용합니다. 때때로 저의 좁은 마음은 날마다 물질적인 걱정과 문제들로 복잡해 묵상과 강론, 피정 등을 준비하는 데 잘 집중하지 못해 준비에 어려움을 느낍니다. 저는 제가 말하고 가르치는 것에 결코 만족해본 적이 없습니다. 그러나 저는 정직하게 말해서 언제나 최선을 다한 것은 사실입니다.

계속해서 저희들을 위해 기도하고 희생해 주십시오. 만약 수녀님께서 우리 사업체를 방문하실 수 있다면 이 일에 대한 놀라운 은총을 보고 놀라실 것입니다(수녀님의 기도와 보속의 큰 결과를 보시고 말입니다).

알로이시오 슈월쓰

1987. 5. 5. 화요일

젤뚜르다 어머니께

내일 마닐라로 떠나 6월 1일쯤 돌아올 예정입니다. 떠나기 전 수녀님께 편지 올립니다. 영육으로 건강하시길 바라며, 또한 행복하시고 거룩한 부활절이 되셨기를 바랍니다. 이 거룩하고 축복받은 시기 동안 저는 미사 때와 기도 중에 특별한 방법으로 수녀님을 기억하겠습니다.

저의 삶은 꼭 중국인들이 연속해서 터뜨리는 폭죽과 같습니다. 무엇인가 늘 사건이 일어나고 터집니다. 때때로 저의 머리는 핑 돌고 어지럼증이 더해 갑니다. 다행히 조금 쉬고 나면 괜찮아집니다.

예수님은 늘 저와 함께 계십니다. 주님의 현존은 대단히 원기를 북돋아 주고, 용기를 주며, 활력을 줍니다. 이것이 제 안에서 모든 것을 완성하시는 주님이십니다. 날마다 저는 주님께서 인도하시는 길을 가볍게, 부드럽게, 즐겁게 달려가려고 최선을 다합니다.

그러나 수녀님도 잘 아시겠지만 이것은 결코 쉽지 않습니다. 날마다 크고 작은 고통이 나를 가로막고, 그것을 이겨내기 위해 저는 노력하고 싸워야 하며, 때로는 창피함도 당해야 합니다. 그렇지만 날마다 큰 기쁨과 평화 그리고 영광도 있습니다. 그러므로 저의 가슴은 늘 어린이답게 찬미와 감사로 가득 차 있습니다.

성주간 동안 저는 수녀님들과 남학생들, 그리고 여학생들의 1일 피정 지도를 했습니다. 그들은 모두 고백성사를 보았습니다. 모두 대단히 열정적이고 헌신적이었습니다. 성 주간은 참으로 거룩한 시기입니다. 그리고 부활절은 특별한 성총과 축복 가득한 날이었습니다.

부활 전에 사회복지회 대표로부터 2백 명의 어린이들을 받아 달라는 요청이 있어 흔쾌히 수락했는데, 평균 나이가 12살 정도였습니다. 이 아이들은 부산 부랑인 시설에서 왔습니다. 그 부랑인 시설은 몇 가지 사회적 문제가 있어(살인과 횡령 등등) 관계 당국자들이 해체하기로 결정한 시설입니다.

현재 한국에서 우리가 돌보고 있는 아이들은 4천 명이 넘습니다. 대부분 어린 아이들이지만 10대 후반과 20대 초반도 있습니다. 10대 후반과 20대 초반의 청소년들은 사실 돌보기가 힘이 많이 듭니다. 몇몇 시설들에서 도저히 돌볼 수 없다며 우리에게 보낸 경우가 많기 때문입니다.

우리는 이들 '망나니' 같은 청소년들을 대상으로 '애정 어린 손길 주는 법'을 연습하고 있습니다. 우리는 최대한 따뜻하고 행복하며 가족과 같은 환경을 만들어 주려고 노력합니다. 물론 쉬운 것은 아닙니다.

그러므로 젊은 우리 수녀님들이 나이 많은 소년들을 잘 다스린다는 것은 정말 기적 같은 일입니다. 이들 가운데 몇몇 소년들은 아주 나쁜 과거를 갖고 있기도 하기 때문입니다.

첫 번째 마닐라 소년의 집은 거의 완공 단계에 있습니다. 수녀님들은 빈민가와 쓰레기 하치장, 가난한 사람들이 집단으로 몰려 사는 지역을 찾아다니며 새로운 아이들 모집에 분주합니다. 우리는 1천5백 명의 아이들을 돌볼 것입니다. 고아들과 가난 때문에 학교에 다니지 못하는 아이들을 우선으로 할 생각입니다.

한편, 우리는 나이 많은 소년, 소녀들에게 우선권을 줍니다. 10살에서 15살 또래의 아이들이 우리가 하는 사업에 가장 효과적인 것 같습니다. 우리는 소년들에게는 직업 훈련과 자동차, 전기 기술을 가르치고, 소녀들에게는 재봉과 요리, 타이핑을 교육할 것입니다. 이를 위해서는 적어도 50명의 교사가 필요합니다. 수녀님들은 필요한 교사를 구하기 위해 면접하느라 바쁩니다.

한 가지 걱정은, 필리핀 성소자가 부족하다는 것입니다. 현재 15명이 있지만 적어도 15명이 더 필요합니다. 지원자들은 많지만 적합한 사람은 무척 드뭅니다. 필리핀 사람들의 성격은 자신의 생각이나 감정을 겉으로 잘 드러냅니다. 그러다 보니 감정적이고, 불안정하며, 지나칠 정도로 가족애가 크다는 특징이 있습니다.

우리는 지금 임시로 가까운 정부 시설에서 약 1천5백 명의 결핵 환자를 치료하고 있습니다. 수녀님들은 육신의 치료뿐 아니라 환자들에게 영신생활의 기초도 마련해주고 있습니다.

저는 또 다른 소년, 소녀의 집(현재 완공한 것과 비슷한)을 지을 계획입니다. 이 공사가 마무리되면 약 4천 명의 아이들을 수용할 수 있습니다.

오늘은 이만 줄이겠습니다. 수녀님께서 기도 중에, 또 희생 안에

서 저희들을 계속 기억하시리라 믿습니다. 주님께서 데레사 성녀
의 정신을 저에게 주시도록 청해 주십시오.

알로이시오 슈월쓰

젤뚜르다 어머니께

가르멜 산의 성모님 축일인 7월 16일, 수녀님을 기억했습니다. 그날 1천5백 명의 남녀 중,고등학생에게 피정을 지도했습니다. 피정을 시작하려는 전날 저녁, 태풍 '셀마'가 최고의 힘으로 부산을 강타했습니다. 이것을 보고 광포하게 날뛰는 마귀와 같다는 생각이 들었습니다. 하지만 이 태풍도 우리 아이들의 기도를 방해하지는 못했습니다.

어제는 또 다른 피정을 지도하느라 바빴습니다. 우리 사업체 안에서 보모나 병원에서 일하는 여자 졸업생 1백 명을 대상으로 하는 피정이었습니다. 어떤 면에서 그들은 우리의 제3의 회원입니다. 그들은 우리와 오래 살았습니다. 그래서 우리의 정신을 잘 알고, 서로 잘 이해하며, 우리에게 큰 도움이 됩니다.

화요일에는 부산 수녀님들의 피정을 지도했습니다. 지난주에는 그리스도회 수사님들의 4일 피정이 있었는데, 수사님들은 그들의 소임을 훌륭히 잘해내고 있습니다.

저 자신을 위해 며칠 피정을 하고 휴식하며 생각할 기회를 가지고 싶습니다. 그러나 예수님은 다른 계획을 가지고 계시는 듯합니다. 아마도 마닐라에 가서 며칠 기회를 가질 수 있을 것 같습니다.

제 생각에, 앞으로도 더 많은 일을 해야 할 것 같고, 저의 짐은 점점 더 무거워지는 것 같습니다. 그러나 마음은 늘 가볍고 여유가 있습니다.

2주일 안에 마닐라로 떠날 예정입니다. 현재 우리는 마닐라에서 1천2백 명의 아이들을 돌보고 있습니다. 오는 8월 15일 신 추기경님을 모시고 새 소년, 소녀의 집 개원식을 할 예정입니다. 이 일은 완전히 그리고 전적으로 성모님의 사업이므로 개원식을 성모님 축일로 잡는 것은 당연한 일입니다.

첫 번째 건물과 같은 제2 소년, 소녀의 집 공사를 시작하였습니다. 이 공사는 1년 안에 끝날 것이고, 이것이 완공되면 모두 5천 명의 아이들을 돌볼 수 있습니다.

한국과 필리핀 모두 잘되어 가고 있습니다. 그러나 날마다 고군 분투해야 합니다. 아무것도, 그 어느 것 하나도 쉬운 것은 없습니다. 그러나 축복받은 일임에는 분명합니다. 마닐라에는 3백 침상 규모의 결핵 병원을 짓고 있는 중이고, 부산에는 영아들을 위한 4백 명 수용 가능한 건물을 짓기 시작했습니다.

저는 늘 수녀님을 생각하고 또 기도 중에 기억합니다. 저는 수녀님께서 건강하시고 또 영적으로 늘 은혜 충만하시기를 기도합니다. 성녀 데레사와 일치된 우리의 마음, 저의 삶 속에 데레사 성녀의 현존은 무척이나 실질적이고, 달콤하며, 힘 솟게 하는 원천입니다. 저는 최선을 다합니다만, 때때로 데레사 성녀를 실망시키기도 합니다. 저를 위해 계속 기도 부탁드립니다.

알로이시오 슈월쓰

1987. 9. 19. 토요일

젤뚜르다 어머니께

몇 줄의 난필로 수녀님께 안부 인사 올리며, 제가 얼마나 수녀님을 많이 생각하고, 또 기도 중에 수녀님을 기억하는지 말씀드리고 싶습니다. 저는 그 어느 때보다도 수녀님의 기도와 희생이 더욱 필요합니다.

'기도, 눈물을 동반한 기도, 이것을 하느님께서는 가장 즐겨 받아 주십니다.'

저는 대단히 바쁘며, 저의 머리는 돌 지경입니다. 그러나 모든 것이 다 잘되어 가고 있습니다.

지난 8월 15일 마닐라의 새 소년의 집 봉헌식을 했습니다. 수녀님이 좋아하실 것 같아 신문을 같이 보냅니다. 우리는 마닐라에 새로운 소녀의 집을 짓고 있고, 또 결핵 병원을 짓고 있습니다. 우리는 현재 1천3백여 명의 아이들을 돌보고 있고, 1천 명이 넘는 가난한 결핵 환자를 치료하고 있습니다.

저는 내일 저녁 사업차 유럽과 미국을 여행하기 위해 떠납니다. 이 여행은 약 3주가 걸릴 것입니다. 이 여행에서 돌아오면 저는 필리핀으로 가야 합니다.

오늘 한국 국무총리께서 우리 집(소년의 집)을 방문하셨는데 아주 좋았습니다. 그리고 두 쌍의 우리 졸업생 혼배성사를 집전했습니다.

수녀님으로부터 소식 들은 지가 꽤 오래된 것 같습니다. 수녀님께서 잘 지내고 계시길 빕니다.

알로이시오 슈월쓰

1987. 10. 27. 화요일
젤뚜르다 어머니께

걱정을 많이 했는데, 수녀님 소식을 듣게 되어 기쁩니다.

우리 수녀님들은 가르멜 수녀원을 다녀와서 무척 기뻐했습니다. 우리 모두는 수녀님의 기도에 대단히 의탁합니다.

수녀님께서 만나신 우리 수녀님들은 초창기부터 저와 함께 일하신 분들입니다. 그들은 마리아수녀회의 표상이며, 마리아수녀회의 정신인 단순, 기쁨, 어린이다움의 정신을 가꾸기 위해 노력하고 있습니다. 동시에 그들은 기도와 희생으로 꾸며진 내적 영성 생활에도 열심입니다. 그들의 모범은 나자렛의 마리아와 리지외의 성녀 데레사를 닮았습니다.

내일은 4백 명의 유치원 어린이들을 위해 새로 지은 기숙사 개원식을 할 예정입니다. 주교님과 시장님께서 참석하시겠다고 약속하셨습니다. 이 개원식은 저에게는 무거운 짐이지만 우리 사업을 위해서는 아주 유용할 것 같습니다.

월요일 마닐라로 갈 예정이며, 12월 중순에 돌아올 생각입니다. 저의 가족인 어린이들과 가난하고 어려운 사람들이 점점 늘어납니다. 마닐라에는 돌봐야 할 1천3백 명의 아이들이 있고, 수많은 결정들이 저를 기다리고 있습니다. 그러나 저는 주님 안에서 이 모든 것들을 즐깁니다. 이 모든 것들은 저의 친구이며 동반자입니다. 이것들이 없다면 저는 외롭고 아무런 보람도 느끼지 못할 것입니다.

잘 타이핑되지 못한 이 편지와 함께 마닐라에서 보내온 주간지 한 부를 동봉합니다. 이 주간지의 머리글이 우리 사업을 소개하는 것입니다. 숫자 면에서 정확하진 않지만 나쁘게 나오지는 않았기에 수녀님께서 좋아하실 것 같아 보냅니다.

그럼 이만 줄입니다. 수녀님은 늘 저의 기도 안에 계시며, 특히 가장 좋은 기도인 미사를 드리기 위해 제대 앞에 서 있을 때 수녀님은 저와 함께 계십니다.

알로이시오 슈월쓰

1987. 12. 29. 화요일
젤뚜르다 어머니께

편지 드린 지가 꽤 오래 되었습니다. 용서를 청합니다. 비록 제가 원할 때마다 편지를 쓰지는 못하지만, 수녀님은 늘 제 기도와 생각 중에 계십니다.

지난 11월 16일 수녀님 영명 축일 때 특별한 방법으로 수녀님을 기억했습니다. 그때 저는 마닐라에 있었고, 편지 쓸 기회가 되지 않았습니다. 이제 87년 성탄도 지났고, 저에게는 무척 바빴으나 행복하고 거룩한 시기였습니다.

성탄 전에 수녀님들과 남자 고등학생, 그리고 여자 고등학생들의 1일 피정이 차례로 있었습니다. 그리고 3백 명에게 세례를 주었는데, 어린이들과 서울 갱생원 원생들, 부산 구호소 환자들이었습니다. 그리고 몇 명은 모성원의 아가씨들이었습니다. 저는 많은 고백을 들어야 했는데, 시간이 지날수록 현기증이 나고 피곤했습니다.

성탄절 첫 미사는 부산에서 드리고, 비행기를 타고 서울로 와서 소년의 집과 갱생원에서 미사를 봉헌했습니다.

오후에 새로운 교황대사님이신 이반 디아스 대주교님께서 우리 집(서울 소년의 집)을 방문하셨습니다. 저녁 식사를 함께 하시고, 수녀님들과 어린이들이 준비한 예술제를 관람하셨습니다. 대사님께서는 무척 감명 깊어하셨고, 수녀님들을 많이 칭찬하셨습니다.

성탄절 다음 일요일, 부산 소년의 집 성당에서 세 쌍의 졸업생에게 혼배성사를 집전했습니다. 우리는 그들을 대단히 자랑스럽게 생각하고 있습니다.

이제 새해를 준비해야 하는데, 수녀님들의 연피정과 피정 후 바로 연결되는 갱신 허원, 그리고 세 번의 졸업식을 준비해야 합니다. 서울의 초등학생이 3백 명, 부산의 중·고등학생이 3백 명입니다.

저는 2월 초에 마닐라로 갔으면 합니다. 현재 마닐라에서 시작할 세 가지 큰 공사를 계획하고 있습니다.

수녀님께서 쉽게 짐작하시겠지만 저의 일생은 꽤나 열광적입니다. 그래서 때때로 머리가 돌 지경입니다. 날마다 육체적인 큰 고통과 아픔이 있고, 이 고통과 아픔은 심적으로 또 정신적으로도 있습니다. 그러나 저는 이것이 사랑의 선물인 성총임을 깨닫고 자주 이것에 대해 감사드립니다. 때때로 저의 힘이 다 소모되고 용기마저 꺾이지만, 그래도 계속할 만한 힘은 늘 충분합니다.

성녀께서 쓰시길 '거룩함은 다만 고통이다' 라고 하셨습니다. 하지만 저는 거룩하지 않습니다. 왜냐하면 저의 가슴은 성녀의 말씀을 받아들이기에 충분히 겸손하지 못하기 때문입니다. 이것이 매일 매일의 고통입니다. 하지만 이것이 저의 마음을 점점 더 겸손하게 만들고, 이런 시간들을 통해 거룩함이 생길 것이라 믿습니다.

저는 수녀님의 기도와 희생을 잘 알고 있습니다. 그 효과는 저의 일생과 저의 일, 그리고 저에 관한 모든 것을 통해 확실하고 뚜렷하게 볼 수 있습니다.

수녀님과 다른 모든 가르멜 수녀님들이 거룩하고, 행복하고, 건강한 새해를 맞이하시길 빕니다.

알로이시오 슈월쓰

1988

1988. 1. 28. 목요일

젤뚜르다 어머니께

최근에 보내주신 친절한 편지 고맙습니다. 수녀님으로부터 소식 듣게 되어 무척 기뻤습니다.

수녀님은 제가 제대 앞에서 희생의 제사를 봉헌할 때마다 저의 마음 안에 계시며, 또 주의 현존 앞에서 무릎을 꿇고 찬미의 기도를 올릴 때마다 저의 마음 안에 계십니다. 저는 주님께서 수녀님의 고통들을 덜어 주시고, 주의 수난 공로가 수녀님 안에서 충만하시길, 주의 영광 또한 수녀님께 충만하시길 기도합니다.

지난주에는 서울과 부산에서 졸업식이 있었습니다. 졸업식은 무척 간소했지만 감동적이었습니다. 부산에서는 많은 고등학교 졸업생들이 졸업식 막바지에 눈물을 흘렸습니다. 많은 하객들은(부산 시장을 포함해) 소년의 집 학생들이 얼마나 우리 집을 사랑하는지 볼 수 있었고, 우리를 떠난다는 것을 그들이 얼마나 슬퍼하는지 볼 수 있었습니다.

앞으로 2년 동안 부산의 중,고등학생들이 30퍼센트는 늘어날 것 같습니다. 이것은 우리가 부산에 더 많은 건물을 지어야 한다는 것을 뜻합니다. 그렇지 않으면 우리 아이들이 숨 막히게 될 것입니다.

1백25명의 남녀 고등학생들이 졸업했습니다. 우리는 그들 모두에게 좋은 직업을 구해줄 수 있었습니다. 우리는 그들이 떠난 뒤에도 서로 잘 연락할 수 있고, 가까이 머물 수 있도록 노력했습니다. 그들은 자주 편지하고, 전화하고, 만납니다. 우리도 매달 그들에게 작은 소식지와 편지를 보냅니다.

부활 지나고 만약 수녀님의 장상께서 동의하신다면(이것은 그렇게 큰 관면은 아니지만) 동래의 가르멜 수녀원에 가서 수녀님과 동료 수녀님들을 위해 미사를 봉헌하고 싶습니다.

날마다 저는 결정만 내리다가 하루를 다 보내는 것 같습니다. 제가 하느님의 뜻을 밝히 보고, 그것을 이루어나갈 힘을 가질 수 있도록 계속 기도해 주십시오.

저는 2월 3일 마닐라로 가서 3월 14일쯤 한국으로 돌아올 예정입
니다.

알로이시오 슈월쓰

1988. 3. 19.

젤뚜르다 어머니께

마닐라에서 이 편지를 쓰고 있습니다. 하지만 편지는 3월 21일 월요일 한국에 돌아가서 부칠 예정입니다. 아마 수녀님께서는 성주간 전에 받아 보실 수 있을 것 같습니다.

오늘은 성 요셉 축일입니다. 저는 요셉께 크게 의탁하신 성녀 대데레사를 생각했습니다. 자연히 제 생각은 수녀님과 부산 가르멜의 모든 수녀님께로 돌아갔습니다. 그래서 여기에서 일어났던 많은 일에 대해 수녀님께 간단히 쓰려고 합니다. 또한 수녀님의 영신적인 도움도 청합니다.

마닐라에 거의 두 달째 머물고 있습니다. 많은 일들이 일어났고, 지금도 계속 일어나고 있습니다. 여러 가지 일들은 때로 저를 어지럽게 합니다. 그러나 저는 이것에 대해 대단히 고맙게 생각하고 있습니다. 이것은 참으로 하느님의 은총이며, 저는 우리가 늘 성총의 홍수 속에 있다는 것을 느낍니다. 그리고 이것이 수녀님의 많은 기도와 희생의 대가임을 확신합니다.

성 이냐시오께서 지적하시기를, 초창기 예수회는 그들의 수와 힘에 비해 더 많은 것을 이룩했다고 말씀하셨습니다. 성인께서 말씀하시길, 이것은 예수회에 대한 하느님의 특별한 은혜의 표시였다고 하셨습니다. 작게 보면, 저 또한 마닐라의 우리 수녀님들을 보면서 이렇게 말할 수 있을 것 같다고 느낍니다.

여기에서 우리가 무슨 일을 하고 있는지 짐작하시는 데 도움이 될 것 같아 사진 몇 장을 보냅니다. 새로운 건물 공사는 잘 진행되고 있습니다. 아마 6월 초쯤에는 사용할 수 있을 것 같습니다.

우리는 1천4백 명의 아이들을 더 받아들일 계획입니다. 그러면 여기는 모두 2천7백 명이 됩니다. 입소 기준은 14살 이하의 아이들 가운데, 영양실조이거나, 학교에 다니지 않거나, 공부하기를 원하고 능력도 되는데 형편이 안 되는 아이들이 대상이 됩니다. 필리핀에는 이런 아이들이 1백만 명이 넘습니다.

우리 수녀님들은 아이들을 다루는 탁월한 재능을 하느님께 받았습니다. 아이들은 수녀님들의 지도에 대단히 잘 따릅니다. 사순절 동안 아이들은 열성적이었습니다. 묵주기도와 십자가의 길, 성체 조배 그리고 작은 희생을 아끼지 않았습니다. 여기 오기 전부터 그들에게는 신앙적인 기초가 이미 잘 닦여 있었기 때문입니다. 필리핀 사람들은 '태생부터 그리스도인'이며, 신앙적인 가르침과 영신적인 지도를 스펀지가 물을 빨아들이듯이 그렇게 빨아들입니다.

가난한 사람들을 위한 결핵 사업은 영육으로 훌륭한 결과를 보이고 있습니다. 수녀님들은 현재 1천2백 명이 넘는 환자들을 돌보고 있습니다. 우리는 더 많은 환자들을 돌볼 방법에 대해 고려 중입니다.

비달 추기경과 세부(필리핀의 두 번째 대도시)의 대주교께서는 그의 교구에 소년, 소녀의 집 사업을 해 줄 것을 요청했습니다. 현재 추기경의 제안을 고려 중입니다.

오늘은 이만 줄입니다. 하느님의 뜻이 우리를 통해 완성되고, 우리가 하느님께 영광을 돌릴 수 있도록 계속해서 기도와 희생 부탁드립니다.

알로이시오 슈월쓰

1988. 5. 2.

젤뚜르다 어머니께

수녀님의 편지는 저에게 큰 기쁨을 주었습니다. 십자가의 성 요한의 말씀에서 큰 위안을 찾았습니다.

'영혼이 아무것도 소유하지 않았을 때, 비로소 일치할 준비가 되었다.'

자신이 아무것도 아님을 받아들일 때, 그리고 이것을 완전히 이해하고, 온전히 그리고 기쁘고 가벼운 마음으로 받아들일 때 이것은 성총입니다. 이 대단히 고귀한 성총을 기도 중에 열심히 찾고 구해야 합니다.

저는 며칠 휴식을 취하였습니다. 왜관 베네딕도 수사님들과 함께 보낸 시간은 은혜 충만한 날들이었습니다. 이 짧은 피정 동안 저의 피정 지도자는 늘 그렇듯 성녀 데레사였습니다. 피정 동안 수녀님께서 빌려주신 두 권의 책을 읽었습니다. 성녀 데레사의 말과 글들은 저의 영혼 깊숙이 파고들어 왔습니다. 피정 중에는 성녀의 현존을 강하게 느꼈습니다. 그것은 대단히 달콤하고 무척이나 강력했습니다.

저의 기도는 단순합니다. 저는 계속 성녀의 정신을 구했습니다. 그것은 사랑의 정신으로 성신에게서 오는 것입니다. 저는 우리의 작은 'tete-a-tete'를 2주일 전에 즐겼습니다. 그러나 저는 수녀님이 사랑하시는 침묵과 고독에도 동감합니다. 수녀님들은 대단히 친절하게 저를 초대하셨고, 그들과 함께 방문했습니다. 저는 영신적인 거지로 갔습니다. 저는 그들의 더 많은 기도와 희생을 필요로 합니다. 저는 그들이 주님 앞에서 저를 기억해 주시리라 확신합니다.

내일은 서울 수녀님들과 수사님들에게 1일 피정을 지도할 것입니다. 저는 한 번도 제가 원하는 만큼 충분한 시간을 두고 피정 준비를 하지는 못했으나 성신께서 이끄시는 대로 가볍게, 편안하게 저를 맡깁니다. 저는 예수님과 그의 십자가만을 가르치려고 노력합니다. 하느님 말씀 안에 위대한 힘과 열정과 활동력이 있습니다.

금요일, 마닐라로 떠납니다. 6월 말까지 있을 예정입니다.

때때로 저는 지나치게 바쁩니다. 많은 문제와 결재들 앞에서 언제나 결정을 내려야 합니다. 그래서 저의 건강은 좋지 않습니다. 잠도 푹 자지 못합니다. 그러나 이 모든 것을, 저를 사랑하시는 예수님 안에서 극복해나갈 수 있습니다. 저는 수녀님의 기도와 희생이 저를 지탱해 주리라 확신합니다. 고맙습니다.

이 짧은 편지가 수녀님께 기쁨이 되기를 바랍니다. 그리고 가르멜의 모든 수녀님들께서도 건강하시길 빕니다.

부활의 기쁨 안에서
알로이시오 슈월쓰

젤뚜르다 어머니께

수녀님께 편지를 쓰고 싶었으나 기회가 없었습니다. 잠깐이라도 조용한 시간을 가질 기회는 점점 드물어지고 있습니다. 머리가 맑은 상태에서 여유를 가지고 친구에게 즐겁고 유쾌하게 편지를 쓸 기회를 갖기가 점점 어렵습니다.

지금은 일요일 아침 부산입니다. 저는 벌써 미사를 두 대 봉헌했습니다. 한 번은 아동 미사, 또 한 번은 결핵 환자들을 위한 미사였습니다. 오후에는 네 쌍의 졸업생들에게 혼배성사를 집전할 것이고, 저녁에는 서울로 갈 예정입니다. 내일 서울에서는 22명의 수련자들을 위한 피정이 있고, 다음 주에는 수사님들(13명)의 피정이 있을 예정입니다.

저는 강론과 묵상, 피정, 수업, 영적 상담을 통해 수녀님과 수사님들을 5년, 10년, 때로는 20년 이상 가르쳤습니다. 새롭고 자극을 줄 수 있는 가르침을 준비한다는 것이 쉬운 일은 아닙니다. 특히 머리가 아프고, 몸은 피곤하고, 수많은 문제와 걱정 그리고 근심으로 마음이 어지러울 때 영적 가르침을 준비한다는 것은 쉽지 않습니다. 그러나 저는 최선을 다합니다. 그러고 난 뒤 성신 안에서 쉽니다.

이것은 저의 영적 생활에 많은 도움이 된다는 것을 발견했습니다. 먼저 저는 저 자신에게 가르칩니다. 예수님께서 저의 마음에게 하시고 싶은 말씀을 저의 입을 통해 말씀하십니다.

많은 사람들은 나의 본업에 대해 잘못 이해하고 있습니다. 그들은 나를 경영자, 지도자, 건축가로 생각합니다. 사실 저는 대부분의 시간을 수녀님들, 수사님들, 어린 아이들의 영성 생활 지도와 발전에 사용하고 있습니다.

수녀님께서 원하셨기에, 싫지만 성녀 데레사 책을(L'esprit de La Bienheureuse Theresa de I'Enfant Jesus) 돌려 드립니다. 이 책은 진짜 보석과 같습니다. 단순하고 깨끗합니다. 이 책은 성녀의 현존이며 성녀 자신을 스스로 잘 설명하였습니다. 돌려 드리기 싫어하는 이유는 이것을 저의 영적 독서로 택했으나 다 읽지 못했기 때문입니다. 그러나 수녀님께서 이 책을 애타게 기다리시는 것을 알기에 돌려 드립니다. 제가 원래대로 돌려 드리니 성녀께서 직접 제 마음과 제 핏속에 그리고 골수 깊이 이 책의 내용을 심어 주시도록 기도해 주십시오. 고맙습니다.

최근 마닐라에서 완성된 건물 사진을 보냅니다. 현재 마닐라 소년, 소녀의 집에는 2천3백70명의 아이들이 있습니다. 개원식 일자는 신 추기경님께서 8월 15일 오후 3시로 정하셨습니다. 그날은 성모님께서 해를 마무리하는 날이기 때문입니다.

개원식 미사는 신 추기경님께서 집전하실 것이고, 대통령께서 참석하시겠다고 약속하셨습니다. 개원식은 저에게는 큰 짐이지만 우리 사업에는 많은 도움이 될 것 같습니다. 지난번에 추기경님을 뵈었을 때, 추기경님께서는 저에게 사제들을 위한 수도회를 시작해 보면 어떻겠느냐고 제안하셨습니다. 예전에 시도한 적이 있지만 실패로 끝났습니다. 만약 이 일을 다시 한다면 두 가지 조건이 필요합니다. 신부는 수도자여야 하지 교구신부는 안 될 것 같습니다. 그리고 수도회 자체 신학교가 있어야 할 것 같습니다.

마닐라는 결핵 병원 수리 공사로 바쁩니다. 큰 공사라 성탄 전에 끝나기 어려울 것 같습니다. 이 공사가 끝나면 입원 환자는 2백 명에서 6백 명으로 늘어날 수 있고, 외래환자는 2천 명까지 진료할 수 있습니다.

마닐라 어린이 사업도 좀 더 규모를 넓혔으면 하고 생각 중입니다. 마닐라 외곽 지역에 땅을 사고, 여학생들을 위한 시설을 지었으면 하는 계획입니다. 다른 말로 하면 현재의 건물은 소년의 집이 되고, 새 건물은 소녀의 집이 되는 것이지요. 이렇게 되면 최종적으로 모두 8천 명의 아이들을 돌볼 수 있게 됩니다. 이 규모라면 대학 설립도 생각할 수 있습니다.

한국에서도 큰 공사 계획을 설계 중입니다. 하지만 대단히 신중히 고려하고 있는 중입니다. 너무나 큰 규모의 공사이고, 너무나 큰 돈이 들어가기 때문입니다.

'주여, 제가 하느님 뜻을 밝히 알게 해 주십시오.'
하느님의 뜻을 밝히 볼 수 있도록, 진정 예수님께서 겟세마니에서 피땀 흘리면서 고뇌하시던 그런 마음으로 기도합니다.

1년 예산을 1천만 달러에서 2천만 달러로 올릴 예정입니다. 저는 교회는 물론이고 정부에서도 전혀 도움을 받지 않고 있습니다. 하지만 어떻게 해서든지 필요한 만큼 들어옵니다. 사람들이 저에게 장래에 대해 질문하는데, 저는 대답을 잘 못합니다. 지금은 그저 일본에서의 모금 운동 가능성에 대해 연구 중입니다.

　매일 미사와 기도 중에 늘 수녀님을 위해 기도합니다. 그리고 지금 저는 그 어느 때보다 수녀님의 기도와 희생을 필요로 합니다. 수녀님께서는 예수님과 함께하시길 무척 좋아하신다는 것을 압니다. 그러므로 하늘나라에서는 수녀님의 기도로 도와주실 수 있을 것 같습니다. 그러나 천국에는 고통이 없으므로 하느님께서는 수녀님의 눈물과 희생을 필요로 하십니다. 아마 수녀님의 기도보다 희생을 더 원하십니다. 용기를 내십시오.

알로이시오 슈월쓰

1988. 7. 21. 목요일

젤뚜르다 어머니께

최근 보내 주신 편지 고맙습니다. 수녀님으로부터 소식 들어 기뻤습니다.

작고 겸손하신 성녀 데레사께서는 여기에서 끊임없이 많은 일을 하십니다. 지금은 우기인데, 끊임없이 비가 내리고 있습니다. 날마다 이 위대한 성녀의 손에서 새로운 성총이 비처럼 뿌리는 것 같습니다. 성녀는 우리 일과 사업을 무척 좋아하시는 것 같습니다.

물론 수녀님께서 이 작은 성인에게 저를 위해 늘 간구하시기 때문이죠. 그러므로 성녀께서 잊어버리지 않고 기억하시며, 소홀히 하지 않으십니다. 이것은 믿음입니다. 물론 믿음은 눈에 보이는 것도, 느낄 수 있는 것도 아닙니다. 하지만 믿음은 눈에 보이는 열매이기도 합니다. 그래서 우리는 이 열매를 볼 수 있고, 느낄 수 있고,

맛볼 수 있고, 즐길 수 있습니다.

날마다 은총으로 풍성해진 믿음의 열매를 추수하는 것 같습니다. 이것을 현실적으로 설명하기는 대단히 어렵습니다. 그러나 제가 무슨 말을 하려고 하는지 수녀님은 이해하시리라 확신합니다.

저는 방금 연속되는 피정을 다 끝냈습니다. 이것 때문에 저는 2주일 동안 꽤 바빴습니다. 수련자들과 수사님들, 그리고 여자 졸업생, 다음은 부산의 남학생, 마지막으로 부산의 여학생들 피정이 있었습니다. 저는 완전히 기진맥진한 상태입니다.

하루 네 번의 강론과 많은 고백성사가 있었습니다. 저의 강론은 때때로 잘 정리되지 않고, 논리적이지 못했습니다. 수많은 문제와 결정해야 할 것들로 머리가 복잡하고, 그래서 강론을 준비할 충분한 시간이 없었기 때문입니다.

가능하면 아이들에게는 한 달에 한 번, 1일 피정을 시키고 싶습니다. 마닐라에 머무는 동안에는 매주 한 번 수녀님들의 1일 피정이 있었고, 그때마다 성체 현시를 하였습니다. 한국에서는 2~3주에 한 번씩 수사님과 수녀님의 1일 피정이 있었습니다. 저는 아이들에게 더 많은 시간을 할애하려고 노력합니다. 졸업생들에게도 마찬가지입니다.

부산의 미혼모들 수가 점점 늘어나고 있습니다. 이것은 우리의 사업이 영신적인 열매를 훌륭히 맺고 있다는 뜻입니다. 우리는 서울에서도 이와 비슷한 사업을 계획 중입니다.

원래는 어제 서울로 가서 금요일 마닐라로 떠날 계획이었습니다. 그런데 부산에 급한 일이 생겨 출발이 늦어졌습니다. 오는 월요일에는 마닐라로 떠날 수 있었으면 합니다. 마닐라도 무척 바쁩니다. 이것은 제가 마치 끊임없이 돌아가는 선풍기 같다는 소리처럼 들립니다.

건강이 좋지 않다는 것을 자주 느낍니다. 제 생각에 저의 몸은 60~70퍼센트만 정상적으로 활동하고 있는 것 같습니다.

수녀님께서 건강하시길 빌며, 모든 수녀님께 따뜻한 안부 인사 전해 주십시오.

알로이시오 슈월쓰

1988. 9. 4. 일요일

젤뚜르다 어머니께

필리핀에서 돌아온 지 일주일쯤 되었습니다. 그러나 숨 쉴 시간 조차 없습니다. 월요일에는 미국 은인들과 필리핀으로 다시 가야 만 합니다.

피곤하지만 휴식은 금지! 다음 세상에 가면 한없이 쉴 수 있는데 누가 휴식을 원한단 말입니까? 사랑은 행하는 것입니다. 일하고, 계획하고, 건설하고, 조직하고, 걱정하고, 수백 만 가지 장애물을 힘 다해 넘는 것입니다.

때때로 '주여, 충분합니다!' 하고 울부짖지만, 저는 보통 바쁠 때 가장 행복합니다. 문제는 '하느님을 위해서' 입니다. 제가 주님을 위해 이렇게 바쁜 것인지, 아니면 제 자신을 위해 바쁜 것인지 확실 히 장담할 수가 없습니다. 그러나 저는 예리고의 소경처럼, 주님께

볼 수 있게 해 달라고 끊임없이 간청합니다. 그리고 성신께서 이끄시는 대로 즐겁고, 어린이답게, 가벼운 마음으로 달려가려고 최선을 다합니다.

지난 8월 15일, 마닐라의 새로운 소년, 소녀의 집 개원식을 했습니다. 축성식을 먼저 하고 미사를 봉헌했습니다. 미사는 3시 30분에 봉헌되었는데, 성모님 해를 마지막으로 장식하는 미사였습니다. 이것은 큰 사건이었으며, 놀라운 은총이고, 대성공이었습니다. 진정 그날은 성신께서 건물 전체를 덮고 계셨으며, 참석자 모두의 마음에 하느님의 은총이 충만했습니다. 말로 표현하기가 너무 어렵습니다. 경험한 사람만이 알 수 있을 것입니다.

나중에 신 추기경님께서 저에게 말씀하시길, 그날 너무나 흥분되어 밤에 잠을 이루지 못했다고 하셨습니다. 아키노 대통령과 두 딸, 그리고 많은 고위 공무원들도 오셨습니다. 대통령께서는 두 시간 정도 우리 집에 머물렀습니다. 대통령은 무척 큰 감명을 받으셨고, 눈에 보이게 감동하시고, 진정으로 좋아하셨습니다. 대통령은 지나칠 정도로 수녀님들과 아이들, 그리고 예술제를 칭찬하셨습니다.

실제로 수녀님과 어린이들은 참 잘했습니다. 그들은 특별한 지향을 갖고 9일 기도를 드리고, 희생도 아끼지 않았습니다. 그들은 희생한 것을 메모해 미사 때마다 제대 앞에 봉헌하였습니다.

그날 수녀님의 기도가 우리와 함께하였음을 저는 압니다. 주님께서는 저희들에게 달콤한 꿀을 조금 맛보게 하셨습니다. 하느님 보시기에 우리에게 이것이 필요했던 것 같습니다. 이것은 우리가 한 일에 대한 큰 상은 아니지만, 우리가 하는 일에 대한 격려는 됩니다. 그러므로 우리는 달콤한 꿀을 주심에 감사드리며, 계속 앞으로 나아갈 것입니다.

사실 저희는 개원식이 끝나면 이틀 뒤 또 다른 7층 건물 공사를 시작합니다. 이 공사는 내년 7월 초까지 끝났으면 합니다. 사진에 빨간색 원을 그려놓은 것이 그 건물입니다. 사진에 보이는 다른 건물들은 이미 공사가 끝났습니다.

앞으로의 우리 계획은 이렇습니다. 기존에 있는 시설은 남학생들이 사용하고(약 4천여 명), 여학생들을 위한 건물을 짓는 것입니다. 지금 우리는 적당한 땅을 찾고 있습니다. 만약 우리 계획대로 이루어지면 약 6천 명의 여학생들을 돌볼 수 있게 됩니다. 그렇게 되면 마닐라의 우리 아이들은 1만 명이 됩니다. 현재로서는 제가 경제적으로 감당할 수 있는 최대의 인원입니다. 그러나 이것은 우리 생각이고, 하느님의 뜻은 우리와 다를 때가 많습니다.

수녀님께서 좋아하실 것 같아 개원식 때 찍은 사진 몇 장을 같이 보냅니다. 또 비디오테이프도 갖고 있습니다. 대통령 보좌관들이 준 것입니다. 가르멜 수녀님들께서 원하시면 언제든지 연락하십시오. 우리 수녀님들은 기쁜 마음으로 가르멜로 가서 수녀님들께 보여 드릴 것입니다.

마닐라에 갔다가 9월 29일 돌아올 예정입니다. 그리고 10월 2일 네 쌍의 졸업생에게 혼배성사를 집전하고, 10월 8일에는 부산에서 교황대사님을 모시고 5백 명의 남녀 학생들에게 견진성사를 줄 예정입니다. 그들은 그동안 준비를 잘했습니다.

성녀 데레사의 또 다른 책 한 권을 읽기 시작했습니다. 『어느 인생 이야기』란 책으로 구이 구아체 신부님이 쓰신 것입니다. 대단히 간단하지만 좋은 영적 독서입니다. 진실로 저는 성녀의 책을 읽을 때마다 성녀의 혼이 저의 마음 깊숙이 들어옴을 느낍니다.

저는 언제나 최선을 다합니다. 그러나 저는 날마다 끊임없이 넘어집니다. 그러다가 더 이상 아무것도 할 수 없을 것 같으면 수녀님의 기도와 희생 안에서 휴식을 취합니다. 예수님께서는 성모님이 청하시는 것은 그 어느 것도 거절하시지 못하심 같이 성녀께서는 수녀님의 청을 거절하지 않을 것을 저는 알고 있습니다.

저는 약하고 불완전하기만 한 저의 인생에 만족합니다. 성녀 데레사에게 기도하시어 모든 면에서 제가 성녀처럼 될 수 있게 해 달라고 간청해 주십시오. 고맙습니다.

10월 말에는 사업차 유럽과 미국에 다녀와야 할 것 같습니다. 만약 가능하다면 트라피스트 수도회에서 일주일 정도 피정을 하고 싶습니다. 부산을 오래 비우고 싶지 않습니다. 부산의 학생들은 이제 신사 숙녀입니다. 그러므로 그들은 아버지의 존재와 강한 통제를 필요로 합니다.

그럼, 이만 줄입니다. 편지가 너무 길었습니다. 죄송합니다.
수녀님과 다른 모든 수녀님들께서 안녕하시기를 빌며….

알로이시오 슈월쓰

젤뚜르다 어머니께

급하게 몇 자 적습니다. 불행하게도 저는 무슨 일이든 급하게 하려는 경향이 있는 듯합니다. 많은 일을 해야만 하다 보니….

평소 저는 수녀님의 편지를 대단히 즐깁니다. 수녀님의 말씀은 참 긍정적이고 용기를 북돋아 줍니다.

성녀 데레사께서 말씀하시길 '나의 힘의 근원은 기도와 희생에 있다'고 하셨습니다. 저의 힘의 근원은 수녀님의 기도와 희생에 있습니다. 저는 이 사업을 덮고 있는, 쏟아지는 은총의 근원이 수녀님의 기도와 희생에 있다는 것을 확신합니다.

내일 교황대사님과 이 주교님, 저, 그리고 다른 신부님 한 분을 모시고 8백 명이 넘는 우리 학생들에게 견진성사를 줄 예정입니다. 저는 학생들을 6주간 이상 준비시켰습니다. 지난주에 저는 강론과 고백성사, 그리고 또 다른 영적, 물적 준비로 대단히 바빴습니다.

저번 편지에서 말씀드린 것처럼 지난주 일요일인 10월 2일, 소년의 집 성당에서 졸업생들의 혼배미사를 집전했습니다. 이번에는 네 쌍이 혼배를 치렀는데, 한 번에 네 쌍의 혼배 예식이 있었던 것은 처음입니다. 너무나 즐겁고 행복한 일이 아닐 수 없었습니다.

필리핀 최대 주간지인 「파노라마」의 최근 발행물을 복사해 보냅니다. 우리 사업에 대한 기사를 실었습니다. 수녀님께서 좋아하실 것 같아 보냅니다.

다음 주에는 신 추기경님께서 주시는 '마더 데레사 상'을 받기 위해 마닐라로 가야 합니다. 저는 그 상에 대해서는 잘 알지 못하지만 부상으로 많은 상금이 있다는 것은 알고 있습니다. 그래서 가서 그 상을 받을 것입니다.

그런 뒤 바로 독일과 스위스, 그리고 미국으로 갔다가 11월 15일 쯤 한국으로 돌아올 예정입니다. 그러므로 수녀님 축일인 11월 16일 편지를 못 보낼 가능성이 많기에 지금 미리 행복하고 거룩한 영

명 축일이 되시길 인사드리며, 그날 수녀님의 의향을 위해 미사를
봉헌하겠습니다.

이 몇 줄의 편지가 수녀님께 기쁨이 되기를 빕니다.
건강하십시오.

알로이시오 슈월쓰

1988. 11. 26. 토요일

젤뚜르다 어머니께

내일 서울로 가서 모레 마닐라로 떠납니다. 때때로 저는 너무나 많은 여행으로 완전히 지칠 때가 많지만 하느님께서 저와 함께하시어 충분한 건강과 힘을 주시며 잘 인도하여 주십니다. 그러나 넘치지 않게, 단지 매일, 매시간, 순간순간 필요한 만큼의 힘만 주십니다.

임종한 성녀 데레사를 보면서 용기를 얻으며 저는 하루하루 최선을 다할 뿐만 아니라, 순간순간 현재이시며 영원이신 하느님 안에서 열중하며 최선을 다합니다.

제 자신을 떠나고, 제 자신을 잊어버리고, 제 자신을 무시하면서 저의 시선을 예수님 뜻 안에 잘 고정시키지만, 성난 파도와 폭풍이 휘몰아치는 바다를 어린이 같은 발걸음으로 걷기는 쉽지 않습니다.

저는 많은 일들을 진행 중에 있습니다. 그리고 많은 문제들로 저의 머리는 복잡하고 분주합니다. 저는 무엇을 결정하고 진행하는데에는 두려워하지 않습니다. 그러나 저 자신을 믿을 수 없고, 저의 판단, 제가 내린 결정이 아버지 뜻에 어긋나지는 않을까 죽도록 두려워합니다.

영원하시고 거룩하시고 풍부한 열매를 맺는 하느님의 뜻을 알고, 발견하고, 그 뜻에 맞게 결정 내린다는 것은 고귀한 은총입니다. 이 은총은 아주 고귀한 것이므로 가벼이 주어지지 않습니다. 어두움 속에서 땅에 엎드려 피땀 흘리면서 고뇌하며 구해야만 합니다. 그러면 필요한 시간에 천사가 내려와 필요한 밝은 빛을 주십니다. 자신을 의심하고, 늘 확신하지 말며, 자신에게 엄격한 것은 좋은 것 같습니다. 이런 긴장은 사람을 겸손하고 작은 자로 만듭니다.

이 편지를 쓰는 동안도 부산 소녀의 집 공사가 한창이며, 마닐라 새 소년의 집 공사도 진행 중이고, 가난한 결핵 환자를 위한 마닐라 결핵 병원의 대대적인 보수 공사도 진행 중입니다.

제가 보기에 하느님께서는 경제적이고 물질적인 은총도 즐겨 보내 주십니다. 하느님께서는 물질적인 은총을 땅에 큰 구멍을 파고 넣어 두거나, 묻어 두는 것을 원하지 않으십니다. 반면에 이것을 효과적으로 사용하기를 원하시며, 그로 말미암아 더 많은 은총을 낳고, 하느님께 영광과 기쁨을 돌리길 원하십니다. 이것이 제가 하려는 것입니다. 하지만 결코 쉽지 않습니다.

저는 오랜 세월 동안 일상에서 성녀 데레사의 현존을 느끼며 살아왔습니다. 그리고 날마다 성녀가 제게 끼치는 영향도 느낍니다.

요즘 기도 중에 구름 속에 우뚝 솟은 봉우리를 우러러봅니다. 예수님께서 산봉우리에 계시고 저를 그곳까지 오라고 하십니다. 저는 이것이 단지 시작이라고 느낍니다. 봉우리는 대단히 높고, 산은 아주 험해 보여 저를 당황케 합니다.

이것은 큰 희생, 고통, 어려움이 있다는 이야기입니다. 그러나 저는 이 산을 오르기 원하며, 죽기 전에 산꼭대기에 도착하기를 바랍니다. 예수님께서 이것을 원하십니다. 그러므로 저는 시도할 것이고, 최선을 다해 도전할 것입니다.

수녀님 기도에 전적으로 의지하며 저는 날마다 기도 중에 수녀님을 기억할 것입니다.

즐거운 성탄 보내시고, 행복한 새해 맞이하시길 빌며….

알로이시오 슈월쓰

1989 · 1990

쳴뚜르다 어머니께

영육으로 건강하시길 바라며 몇 자 씁니다. 갈바리아에서 예수
님의 마지막 순간은 의심할 여지없이 가장 고통스럽고 가장 어려웠
습니다. 그러나 그 와중에도 예수님께서는 '누구든지 끝까지 인내
하는 사람은 영원한 생명을 얻을 것이다' 라고 말씀하셨습니다. 이
가르침에 따라 저는 날마다 이렇게 기도합니다(무엇보다 미사 중에).

"하늘에 계신 우리 아버지, 인내의 하느님, 수녀님에게 필요한
힘과 용기와 인내를 주십시오."

예수님께서 말씀하신 '내일 일은 걱정하지 말라' 의 의미는 오늘
저녁을 걱정하지 말고, 몇 시간 뒤, 몇 분 뒤를 걱정하지 말라는 말

씀입니다. 하느님 안에는 과거도 미래도 없습니다. 오직 현재, 끝없이 계속되고, 끊임없이 새로운 현재만 있습니다. 우리가 하느님 가까이 가면 갈수록, 우리는 점점 이 현재의 연속조차도 잊어버리게 될 것입니다.

우리는 우리 자신의 걱정과 근심, 그리고 두려움을 영원한 사랑이신 하느님께 의탁합니다. 그리고 순간순간 우리 마음을 다하여 '나의 예수님, 당신을 신뢰합니다' 라고 외칠 것입니다. 또한 우리는 계속해서 약속을 새롭게 할 것입니다.

"예수님, 저는 저의 최선을 다할 것입니다. 저의 최고의 노력을, 지금 이 순간, 저는 당신을 위하여 최선의 노력을 다할 것입니다."

우리가 최선을 다하는 그 순간은 완덕이며, 거룩함입니다. 우리가 최선을 다하는 순간은, 우리가 더 이상 어떻게 할 수가 없는 순간이고, 예수님께서도 더 이상 바라지 않는 바로 그 순간입니다.

시편에 '의인도 하루에 일곱 번 넘어진다' 는 말씀이 있습니다. 의인이란 매순간을 예수님을 위해 최선을 다하는 사람입니다. 그러나 그런 의인도 끊임없이 넘어집니다. 하루에 일곱 번씩. 의도적이지 않은 실수는 예수님이 기뻐하시는 것입니다. 왜냐하면 우리는 실수를 조용히 인정하고, 어린이 같은 겸손한 마음으로 예수님께 실수를 봉헌하기 때문입니다.

지금 쓰고 있는 이 편지는 수녀님을 위해서라기보다는 제 자신을 위해서 씁니다. 제가 수녀님께 편지를 쓰지만, 사실은 제 마음에게 하는 이야기입니다. 이 간단한 논리는 저에게 많은 도움이 됩니다.

지난 6~7주 동안은 믿기 어려울 정도로 바빴습니다. 때때로 저의 나쁜 머리는 수많은 문제와 계획, 걱정들, 관심사들, 그리고 돌봐야 할 것들로 화산이 폭발할 때처럼 그렇게 폭발할 것 같았습니다. 그러나 화산 밑에도 평화롭게 흐르는 강이 있는 것처럼 저의 머리도 저 깊은 곳에서는 시원하고, 가볍고 그리고 평화가 넘칩니다. 사도 바오로처럼, 저는 이렇게 말하기를 좋아합니다.

"저는 그리스도의 노예입니다."

저는 예수님께, 불완전한 저의 자유와 영혼을 가지시고, 하느님의 영과 뜻, 마음, 하느님의 영광스런 자유로 채워주실 것을 청합니다.

1월 11일 마닐라에서 돌아왔습니다. 지난주에는 서울에서 허원 수녀님들의 연피정이 있었습니다. 어제 그들은 갱신 허원을 했습니다. 수녀님들은 그 어느 때보다도 열성적이고 정열적으로 기도했습니다.

월요일에는 서울 소년의 집 초등학교 졸업식이 있을 것이고, 토요일에는 부산의 중,고등학교 졸업식이 있습니다.

필리핀에서는 소년, 소녀의 집 사업을 확장 공사 중입니다. 세부에 땅을 구입하였고, 2월 말부터 공사를 시작할 예정입니다. 또 나가 시(Naga. 필리핀 북부에 있는 도시)에도 땅을 알아보고 있는 중입니다. 나가는 비꼴에 있는 도시입니다. 여기도 땅을 구입할 가능성이 많고, 구입하는 대로 공사를 할 계획입니다.

이 많은 사업을 제가 다 감당할 수 있을까요? 물론 아닙니다. 정말입니다. 하지만 저는 이 모든 계획과 사업을 가난한 자의 동정녀이신 성모님께 봉헌합니다. 만약 이 사업이 하느님 영광을 위한 것이라면 성모님께서 잘 운영하실 것입니다.

가난한 자의 성모님께서는 제가 돈을 얼마나 많이 쓰든지 상관하지 않으시고, 계속 더 많이 보내 주십니다. 저는 이것을 사업을 계속 확장하라는 신호로 느낍니다. 물론 문제가 없는 것은 아니지만 그래도 저는 시도해야 한다고 생각합니다.

저는 이 일이 급하다고 느낍니다. 우리 사업을 방해하는 마귀와 싸워 이기기 위해서는 서둘러야 합니다. 마귀는 앉아 쉬지 않습니다. 마귀는 포효하는 사자와 같이 늘 돌아다닙니다. 제 생각에 우리가 마귀와 싸워 이기려면 더 빨리 움직이고, 더 사납게 포효해야 합니다.

저의 건강은 좋지 않습니다. 그러다 보니 쉬운 것이 하나도 없습니다. 날마다 고군분투해야 합니다. 만약 노력하지 않고 쉽게 일이 성취된다면 인생은 지루하고 재미없을 것입니다.

수녀님이 좋아하실 것 같아 사진 몇 장 보냅니다.
수녀님들 모두에게 안부 전해 주십시오. 저는 수녀님들의 기도와 희생에 많이 의지하고 있습니다.

알로이시오 슈월쓰

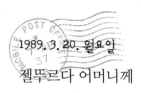

1989. 3. 20. 월요일
젤뚜르다 어머니께

행복하고 거룩한 부활이 되시길 바라며 급히 몇 줄 씁니다.

'급히 쓰는 것'은 저의 일상 이야기입니다. 저는 무엇이든지 급하게 해야 합니다. 다만 이것이 성스러운 급함이기를 바랄 뿐입니다.

저는 여유를 가지고, 좀 더 천천히, 편안하게 하기를 원합니다. 그러나 잘되지 않습니다. 제 마음 깊은 곳에서도 급하게 서두르는 것을 느낄 수 있습니다. 성녀 대데레사께서도 저와 비슷하게 급한 것을 느끼고 표현하시며 외치셨습니다.

"나의 딸들이여, 세상은 불타고 있습니다."

우리의 적 마귀는 절대 쉬거나 여유를 가지지 않습니다. 마귀는 포효하는 사자와 같이 삼킬 것을 찾아 돌아다닙니다. 우리는 비슷한 것을 복음의 마귀 들린 자에게서 볼 수 있습니다. 마귀 들린 사람을 보게 되면, 저는 예수님 은총에 힘입고, 예수님의 권능을 빌어 마귀를 쫓아내도록 기도합니다. 마귀는 살인자이며, 거짓말의 아비입니다.

저와 우리 수녀님들은 더 많은 힘을 생명 수호 사업에 쏟고 있습니다. 거의 20년 동안 한국 정부는 낙태에 많은 재정을 투입하고 사업을 확대해 나갔습니다. 그들은 올해 낙태와 인공 피임을 위해 7만 달러의 예산을 책정했습니다. 올해 목표는 30만 명을 인공 피임 시키는 것입니다.

한국 정부는 사람들에게 어린이를 부담스러운 존재, 불행을 초래하는 존재처럼 세뇌시키고, 결혼한 부부가 아기를 한 명만 낳는 것이 가장 적절하고 이상적인 것처럼 선전합니다.

이러한 반 생명운동은 나라의 도덕 정신과 활기찬 영신 생활의 힘을 파괴합니다. 낙태는 겉으로 잘 드러나지 않기 때문에 아무도 이것에 대해 이야기하지 않습니다. 당연히 그 누구도 강력히 정부를 반대하지 않습니다. 그 결과 작년 한 해만 해도 50~1백 만 명의 태아가 낙태로 죽임을 당했습니다.

살인자!

어머니가 자신의 아이를 죽이는 것입니다.

우리 병원에 오는 부인과 환자를 조사하였더니, 10번 이상의 낙태 경험이 있는 사람도 있었습니다. 이 면에서는 외인과 천주교 신자가 조금 다른 결과를 보였습니다.

우리는 8개의 여성지와 7개의 신문에 광고를 냈습니다. 또 미혼모와 원하지 않는 임신을 한 여성을 위해 24시간 전화 상담을 시작했습니다. 수녀님들은 하루에 10건 정도의 전화 상담을 받습니다.

서울에서도 미혼모 사업을 시작했습니다. 서울과 부산에서 돌보고 있는 미혼모는 현재 60여 명입니다. 많은 미혼모들이 개종하고 세례를 받고 있습니다.

낙태는 오늘날 한국의 가장 중요한 도덕적 문제라고 생각합니다. 그런데 아무도 이것을 위해서 일하지 않습니다. 저의 힘이 미약한 것이 그저 원망스러울 뿐입니다. 하지만 모든 면에서 저는 성신께서 이끄시는 대로 따라갈 것입니다. 저는 이 일을 도와줄 사람을 보내 달라고 늘 기도하고 있습니다.

지금까지 우리 수녀님들은 2만 개가 넘는 낙태 반대 운동 비디오

테이프와 1만 개의 자연 피임법에 관한 테이프를 무료로 배부했습니다. 또 5만 부의 인공 피임 반대 팸플릿과 그와 관련한 자료들을 나누어 주었습니다. 저도 다른 많은 자료들을 번역하고 있습니다.

이 편지를 월요일에 쓰기 시작했는데, 아직 끝내지 못했습니다. 지금은 아침이고, 목요일입니다. 제가 월요일부터 목요일까지 무엇을 했을까요?

화요일, 저는 수녀님들에게 1일 피정을 지도했습니다. 나머지 시간에는 고백성사를 주었습니다. 지난 한 주간 동안 1천5백 명의 아이들에게 고백성사를 주었습니다. 하지만 아직 끝나지 않았습니다.

마닐라에서 돌아온 것은 10일 전입니다. 마닐라에서도 무척 바빴습니다. 세부에서 또 다른 소년, 소녀의 집 공사를 시작했습니다. 잘 진행되면 내년 6월에는 완공될 것입니다. 이 건물은 2천 명의 학생을 수용할 수 있습니다.

'나가'의 대주교(필리핀 주교회의 의장)께서 그의 교구에 우리 소년의 집을 시작해 줄 것을 계속 요청하고 있습니다. 나가의 가르멜 수녀님들도 이 지향으로 2년 동안 기도하고 있습니다. 저는 여러 번 나가를 방문해 어디서 시작하는 것이 좋을지 연구했습니다.

저희는 수녀님들이 충분하지 않습니다. 그리고 저는 혼자서 약 18가지 다른 방향으로 동시에 움직여야 합니다. 그러나 저는 '우리는 하느님 권능 안에서 우리가 청한 것보다 더 많이 상상할 수 없을 만큼의 광대한 일을 할 수 있습니다' 라는 말씀처럼 하느님의 은혜로 이 많은 일들을 해내고 있습니다. 저는 어둠 속에서 넘어질 위험에 대해서는 두려워하지 않습니다. 사실 저는 날마다 그렇게 하고 있습니다. 그러나 자신을 속이고 주제넘은 행동을 할까 죽도록 두려워합니다.

마닐라 Q.I 결핵 병원의 보수 공사가 거의 완공 단계라 여러모로 바쁩니다. 새로 단장한 무료 병동은 보기에 무척이나 깨끗합니다. 가난한 환자들은 날마다 늘어나고 있습니다. 현재 수녀님들은 환자들에게 치료는 물론 음식과 약도 무료로 지급하고 있습니다. 심지어 입원 환자 8백여 명과 2천여 명의 외래환자들에게 차비까지 주고 있습니다.

이 사업은 대단히 전교적입니다. 우리는 병원 안에 성체를 모신 성당을 두 군데 마련했습니다. 우리는 그들에게 날마다 교리를 가르치고, 혼배조당을 풀게 하고, 기도하게 하는 등 전교 활동을 합니다. 연세는 많지만 열정적인 예수회 신부님이(스페인 출신) 우리 병원의 원목으로 함께 일하고 계십니다. 이 사업의 결과는 우리의 용기를 북돋아 줍니다. 그러나 제 생각에 우리는 이것보다 더 많은 일을 할 수 있을 것 같습니다.

부활절에 교황대사께서 서울 소년의 집을 방문하실 예정입니다. 그분은 한국에 오신 뒤부터 성탄절과 부활절을 우리와 함께 보냈습니다. 그분은 특별한 사제이십니다. 대단히 열성적이고 대단히 영신적입니다.

부활 후에 저는 마닐라로 돌아갈 예정입니다. 신 추기경님께서 4월 초에 폴란드 출신 추기경 한 분을 마닐라 소년의 집에 모시고 오셔서 함께 미사를 봉헌할 예정이기 때문입니다.

저의 건강은 좋지 않았습니다. 좋았다가 나빴다가 하고 있습니다. 그렇지만 제가 하는 일은 계속할 수 있습니다. 수녀님은 어떠신지요? 좋으시길 바랍니다. 다른 가르멜 수녀님들은 어떠신지요? 부활 미사와 그 주간 미사 때 수녀님을 위해 기도드리겠습니다.

알로이시오 슈월쓰

1989. 5. 12. 금요일

젤뚜르다 수녀님께

오늘 아침 수녀님을 못 만날 것 같아 짧은 편지를 씁니다. 수녀님께서 침대에서 떨어지셨다는 소식을 듣고 대단히 놀랐습니다. 지금은 좀 더 좋아지셨으면 하는 마음 간절합니다. 오늘 아침 미사를 수녀님의 의향을 위해 봉헌했습니다.

수녀님께 제 동생 '디 비타'가 쓴 일지 복사본을 맡깁니다. 비타는 부활 후 일주일 동안 한국과 필리핀을 짧게 방문했습니다. 우리 가족 가운데 누가 저를 방문한 것은 이번이 처음입니다.

그 일지는 비타의 방문 소감과 반응, 통찰력에 대한 평가지입니다. 여기에는 많은 칭찬이 포함되어 있는데, 이것은 저를 당황하게 만듭니다. 그러나 비타는 아주 정직하고 솔직하게 썼습니다. 그러므로 저는 이 짧은 일지를 신뢰하며 수녀님께 드립니다. 수녀님께서 오해하지 않으시리라 믿습니다.

제 생각에 이것이 수녀님께서 우리를 위해 계속 기도하시고, 희생하시는 데 도움이 되고, 수녀님께서도 좋아하실 것이라 생각합니다.

저는 계속 건강이 좋지 않습니다. 그러나 예수님께서는 당신이 원하시는 일을 할 수 있을 만큼의 충분한 힘은 늘 주십니다. 절대 넘치지 않게. 그래서 저는 '저의 약함 안에서 영광을' 드리려고 노력하며, 하느님의 놀라운 방법에 대해 한없이 찬미드립니다.

일은 계속 늘어나고, 저희의 사업은 계속 확장되고 있습니다. 문제 또한 계속 많아지고 더 광범위해집니다. 그래서 저는 어느 때보다 더 많은 '눈물을 동반한 기도'가 필요합니다. 그러므로 저는 끊임없이 수녀님의 기도에 의탁합니다.

저는 어디든지 성신께서 이끄시는 대로 따라가려고 최선을 다합니다. 제 자신의 생각은 완전히 버리고, 가벼운 마음과 어린이와 같은 마음으로 성신을 따르려 노력합니다. 물론 최종적으로는 성신께서 저를 '주의 산봉우리'로 인도하시길 희망합니다. 이것은 제 일생의 목표이기도 합니다.

그러나 제가 올라가면 갈수록, 봉우리는 더 멀어져만 가고, 목표는 점점 더 멀리 움직입니다. 그러므로 특별히 우리의 누이인 성녀 데레사께 저를 위해 기도해 주십시오.

거룩하고 축복받은 성신강림일이 되기를 빌며….

알로이시오 슈월쓰

젤뚜르다 수녀님께

수녀님과 다른 모든 수녀님들께 영육으로 건강하시고 하느님의
은총이 충만하시길 빕니다.

3주간의 미국 여행을 마치고 방금 돌아왔습니다. 다음 주에는 마
닐라로 떠날 계획입니다.

미국에 있는 동안 워싱톤 가르멜 수도원에 머물렀습니다. 그들
은 저를 한 가족처럼 대해 주었습니다. 진실로 은총 충만한 방문이
었고, 저는 너무나 고맙게 생각하고 있습니다.

제가 저의 건강에 대해서 이야기하더라도 용서해 주십시오. 예
수님 안에서 우리는 친구입니다. 친구들끼리는 비밀이 없습니다.

미국에 있는 동안 건강 진단을 받았는데 많은 문제가 있었습니

다. 사실 저는 일생동안 계속 다치고, 아프고, 병들었습니다. 저는 제 건강에 대해 많은 관심을 가지지 않았습니다. 최소한 제가 움직일 수 있고 일할 수 있으면 문제 삼지 않았습니다.

그러나 검진 결과(검진 비용도 대단히 비쌌습니다), 평소 생각했던 것보다 좀 더 심각한 결과가 나왔습니다. 첫 번째로는 저의 어깨와 고관절의 관절염입니다. 정형외과 전문의 생각으로는 어깨 수술을 먼저 하고, 다음에 고관절 수술을 하자고 했습니다.

그런데 신경외과 의사에게 진찰을 받은 결과 신경계 병인 ALS(일명 루게릭병) 진단이 나왔습니다. 얼마나 놀라운 일입니까? 이 병은 제 이름과 같습니다(수녀님께 참고가 되시라고 이 희귀한 병에 관한 의학 상식을 같이 보냅니다). 이 병은 완치되지 않습니다. 보통(늘 그런 것은 아니고 대개) 발병 3~4년 안에 결정이 납니다. 이 진단은 100퍼센트 확진할 수는 없으나 여러 가지 증상으로 보아 의사들은 이 병으로 확신하고 있습니다.

저는 앞으로 10년 정도, 아니 그 이상도 살 가능성은 있습니다. 그러나 현실적으로는 3년 정도 남았다고 생각하고 계획해야 합니다. 그동안도 저의 건강은 꾸준히 나빠질 것입니다.

수녀님 보십시오. 제가 수녀님보다 먼저 아버지 집에 갈 수 있는 가능성이 있지요? 이것은 제 성질과 잘 맞습니다. 늘 급하고, 늘 첫

째 되기를 원하고….

제가 요즈음 무슨 생각을 했는지 아십니까? 아마 미친 소리처럼 들릴지 모르겠지만 가능성은 충분히 있습니다. 소년, 소녀의 집 사업을 라틴 아메리카에 시도하면 어떨까, 하고 생각 중입니다. 아마 멕시코나 베네수엘라, 아니면 양쪽 모두가 될 것 같습니다.

오래 전부터 이것에 대해 생각했습니다. 그러므로 새로운 것도 아니고, 급하게 결정하는 것도 아닙니다. 그러나 저는 이제 시간이 조금밖에 없습니다. 그래서 아마 시도해야 할 것 같습니다. 대데레사 성녀께서도 거의 죽어가면서도 마지막 수녀원을 설립하지 않았습니까?

소화 데레사 성녀와 대데레사 성녀께 이 지향으로 기도 부탁드립니다. 제가 하느님의 뜻을 밝히 보고, 그것을 완성할 수 있는 힘을 주시도록 기도 부탁드립니다. 이 일은 성총이 필요합니다.

알로이시오 슈월쓰

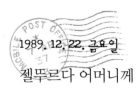

쉘뚜르다 어머니께

수녀님께서 거룩한 성탄절과 행복한 새해 되시길 기원하며 몇 자 급히 씁니다. 수녀님께서 기뻐하실 것 같아 2주일 전에 마닐라에서 찍은 사진 몇 장을 작은 선물로 보내 드립니다.

서울에서는 지난 토요일 3백 명에게 세례성사를 주었습니다. 내일은 부산에서 30명의 학생에게 세례성사를 줄 예정입니다. 수요일에는 부산 여학생들 1일 피정이 있었고, 어제는 남학생들 피정이 있었습니다.

어린이들은(한국과 필리핀 모두) 모든 면에서 많이 노력하고 있습니다. 제 생각에 그들은 기도와 희생 그리고 영적 생활이 많이 발전한 것 같습니다.

저의 건강 문제로 수녀님들은 정신적으로 비통해하고 있습니다. 저희 수녀님들은 저에게 참 잘 해줍니다. 만약 저의 병이 저를 죽이지 않으면, 수녀님들의 넘치는 친절과 간호와 관심이 저를 죽일까 두려울 정도입니다.

이 분야의 전문의가 저에게 이야기하기를(그의 말은 맞을 때보다 틀릴 때가 많습니다), 제가 활동할 수 있는 기간은 1년 정도 남았다고 했습니다. 그 후에는 저의 건강이 빠르게 나빠질 것이라고 합니다. 그래서 저는 대단히 많이 일해야 합니다. 저는 남은 시간을 어떻게 하면 효과적으로 사용할 수 있을지 잘 계획해야 합니다. 그러나 이것도 쉽지 않습니다.

저는 수녀님의 도움에 많이 의지합니다. 수녀님의 기도와 희생, 성총이 필요합니다(하느님의 뜻을 밝히 보고, 그것을 이룰 수 있는 힘).

성탄 주간 동안 저의 기도와 미사 중에 수녀님과 다른 모든 가르멜 수녀님들을 기억하겠습니다.

알로이시오 슈월쓰

*덧붙이는 글 : 저의 오른팔의 힘이 조금밖에 남지 않아 점점 타이핑하기가 어렵습니다. 그러므로 나중에 자주 편지 드리지 못하더라도 이해해 주십시오.

예수님과 성모님과 성녀 데레사 안에서
사랑하는 수녀님께

최근에 보내 주신 수녀님의 친절하고 용기를 주는 편지 고맙습니다. 수녀님께서 아시는 것과 같이 저는 수녀님의 도움과 지지에 많이 의존합니다. 그러므로 수녀님으로부터 소식 듣는 것은 늘 기쁩니다.

진심으로 수녀님께서 건강하시고 영적으로 좋으시길 바랍니다. 제 생각에 아마도 수녀님은 모세처럼 오래 사실 것 같습니다. 모세가 하느님의 부르심을 받은 것은 1백20살 때라고 알고 있습니다. 당시에는 지극히 자연스러운 것이었습니다.

저는 조금만 더 오래 살 수 있으면, 하는 작은 바람이 있습니다.

제가 나이가 들면 온화해지고, 부드러워지고, 달콤하고, 친절하고, 고상해지고, 그리고 사랑스러워질까요? 글쎄요. 주님께서는 저를 하늘나라에서 분명히 그렇게 만들어 주실 것입니다. 그렇지 않으면 예수님께서 또 다른 가나의 기적을 만들어 주셔서 맛없는 물(현재의 저를)을 거품이 많고, 달콤하고, 기분을 좋게 하는 포도주로 변화시켜(이것은 예수님 사랑의 표징입니다) 주실 것입니다.

오늘 아침 저는 시편에서 '오, 주여! 당신께 의지하나이다. 저의 약점과 고통 항상 제 앞에 있사오니' 하는 구절을 읽었습니다.

저의 일생은 고통의 연속이었습니다(영육으로). 지금은 그 어느 때보다 더 심하며, 천천히 더 나빠지고 있습니다. 저는 이것을 환영하고, 얼싸안고, 입 맞추고, 마음 깊이 받아들이려고 노력합니다. 마치 나의 연인처럼, 친한 친구같이. 그러나 쉬운 것은 아닙니다.

몸은 약해지고 저의 일은 점점 더 늘어나고 있습니다. 많은 결정과 계획, 여러 가지 사업들, 저는 이 모든 것들을 무척이나 즐깁니다. 그러나 제가 말했듯이 늘 쉬운 것은 아닙니다.

가르멜 수녀님들의 친절과 사랑은 저로 하여금 억지로 기적수를 마시게 하고 웃게 할 것 같습니다. 만약 기적수를 마심으로 해서 수녀님과 가르멜의 모든 수녀님들이 기쁘시다면 보내 주십시오. 마셔 보겠습니다(수녀님과 수녀님들을 위하여).

저는 지금 의사 처방에 따라 날마다 6~7가지의 약을 먹고 있습니다. 하지만 저의 주치의는, 그는 대단히 권위 있는 전문가인데, 이 병의 치료약은 아직 개발되지 않았다고 솔직히 말했습니다. 그러므로 그들이 저에게 처방한 약은, 증상을 조금 완화시키는 데 도움이 될 뿐인 것들인데, 그나마 그렇지도 않은 것 같습니다. 하지만 저는 겸손한 마음으로 이 약을 계속 복용합니다.

날마다 미사와 기도 때 수녀님을 기억합니다. 월요일부터는 수녀님들 연피정을 지도해야 합니다. 듣기에 유익한 말만 할 수 있도록 기도해 주십시오.

건강 조심하시고, 하느님 축복이 가득하시길….

알로이시오 슈월쓰

*이 편지를 마지막으로 젤뚜르다 수녀님은 약 1년 뒤인 1991년 4월 23일 영원한 안식에 들어가셨고, 소 알로이시오 신부님은 그로부터 다시 1년 뒤인 1992년 3월 16일 하느님의 품에 안기셨다.

소 알로이시오 신부의
특별한 여행

1953년 메리놀 신학교에서 학사 학위를 받은 뒤 벨기에로 건너가 루뱅에 있는 '선교협조자회(SAM : The Society of the Auxiliaries of the Mission)'에 들어간 소 알로이시오 신부는 그해부터 루뱅 대학에서 신학 공부를 계속했다. 그리고 첫 여름방학인 7월 27부터 8월 17일까지 같은 회 소속의 안드레아 신부와 함께 오토바이를 타고 유럽 여행을 했다. 그의 나이 24살 때다.

벨기에의 수도 브뤼셀을 떠나 프랑스를 가로질러 지중해 연안의 마르세이유, 이탈리아의 제노아를 거쳐 베니스로, 그리고 다시 스위스를 여행하면서 아름다운 자연과 농촌 모습, 그리고 고대 유적들에 대한 감상과 여행지에서 만났던 사람들에 대한 재미난 이야기들을 흥미진진하게 기록했다.

그리고 1년 뒤에는 혼자서 유럽 일대를 여행했는데, 이 여행에서 소 알로이시오 신부가 이동한 거리는 무려 6천4백40킬로미터나 된다. 이동은 대부분 걷거나 지나는 차를 얻어 타는 식이었고, 잠자리는 농가의 헛간을 이용하거나 숲속에서 침낭을 깔고 자는 등 말 그대로 '무전여행'이었다. 그는 이때의 경험을 장차 선교 사제로서 겪게 될 물질적, 정신적 어려움을 이겨내기 위한 훈련으로 삼았던 것 같다. 두 번의 여행을 통해 소 알로이시오 신부는 가난의 영성을 다시 한 번 깨닫고 평생 가난한 사람들을 위해 살아갈 정신적 자산을 얻게 된다. (옮긴이)

안드레아 신부와 함께한
오토바이 여행
(1953년)

벨기에 브뤼셀을 거쳐 프랑스로 _ 7. 27. 월

출발 시각은 오전 11시 30분. 오토바이 양쪽의 새들백과 뒤쪽 가방에 생활에 필요한 짐들을 실었다. 벨트도 매고 헬멧도 쓰고 재킷도 입었다. 물론 모두 빌린 것이었다. 우리는 승리자처럼 루뱅 신학교 기숙사 건물을 한 바퀴 돌고 모두에게 인사한 뒤 여행길에 올랐다.

브뤼셀로 향하는 길에서(루뱅은 브뤼셀 중심부에서 약 20킬로미터 떨어져 있다) 불어오는 바람이 무척 상쾌했다. 물론 대부분의 바람은 운전을 하는 안드레아 신부님의 몫이었다. 들판에서는 농부들이 일을 하고 있었다. 밀을 수확해 작은 다발로 묶는 작업이었다.

시속 80킬로미터, 90킬로미터, 1백 킬로미터로 달렸다. 귓가에 바람이 쌩쌩 소리를 냈다. 달리고 달려도 계속 시골 모습이었다. 눈앞을 가리는 장애물이라고는 아무것도 없었다.

첫 도착지는 브뤼셀에 있는 안드레아 신부님의 부모님 집이었다. 이곳에 들른 까닭은 두 가지였다. 첫째는 공짜 점심 식사를 하기 위해서였고, 둘째는 여행 경비를 얻어내기 위해서였다.

점심 식사는 특유의 벨기에식이었다. 주요리로 구운 소고기와 감자, 강낭콩이 나오고, 그 다음에 빵과 치즈, 과일이 디저트로 나왔다. 음식과 함께 맥주와 포도주도 마셨다.

밥을 먹은 뒤 응접실로 가서 커피를 마시며 가족들과 이야기를 나누었다. 안드레아 신부님의 아버지는 제강업자로 참 좋은 분이었다. 어머니는 키가 작고 뚱뚱했는데, 무척 자애로운 분이었다. 두 분에게 정이 갔다. 형제자매는 모두 여덟 명이었다.

오후 4시, 브뤼셀을 떠나 남쪽으로 달렸다. 시골 풍경은 아무런 변화 없이 농토와 산골짜기와 언덕이었다. 잠시 뒤 인공으로 만든 엄청나게 큰 언덕이 눈에 띄었다.

언덕 맨 위에는 프랑스 쪽을 쳐다보고 있는 큰 사자상이 있었다. 오토바이를 운전하던 안드레아 신부님은 뒤에 탄 내게 큰소리로 워털루라고 했다. 워털루는 1815년 영국의 웰링턴이 나폴레옹을 물리친 곳으로 유명한 곳이다. 워털루가 막연히 프랑스에 있다고 생각한 나는 그 말을 듣고 깜짝 놀랐다.

오토바이는 다시 한적한 시골길을 달렸다. 그러다가 작은 피라미드처럼 쌓여 있는 석탄들과, 굴뚝에서 연기를 내뿜는 많은 공장들이 들어서 있는 공업지대를 지나게 되었다. 안드레아 신부님은 이 공업지대에 형이 살고 있다며 잠시 들러 보자고 했다. 그런데 형은 없고 시원한 눈매에 금빛 머리를 가진 수줍음 많은 네 아이와 부인이 있었다. 커피를 한 잔씩 마시고 집을 나왔다.

날이 어두워질 때까지 열심히 달려 프랑스로 넘어 들어갔다. 이번에는 잠자리와 식사를 구하기 위해 트라피스트 수도원(1664년 프랑스 노르망디의 라 트라프La Trappe 지방에서 엄격한 수도 생활을 지향하여 결성된 수도 단체로, 노동과 장엄한 예배의식, 침묵 엄수, 금욕적 공동생활 같은 것이 특징이다)으로 향했다. 배가 몹시 고팠다.

안드레아 신부님은 트라피스트 수사님들과 친한 사이였다. 신부님은 수도원 살림을 맡고 있는 한 수사님에게 침낭을 깔고 외양간에서 자겠다고 했다. 그러자 수사님은 두 개의 작은 방에 우리를 각각 안내했다. 방 안에는 세면대와 깨끗한 시트가 깔린 침대가 있었다.

피정 중에 있는 신부님들과 함께 저녁을 먹었다. 저녁은 맥주와 치즈(수도원에서 만든 것), 빵, 달걀, 그리고 감자로 이루어져 있었다. 내 앞에 놓인 맥주는 다 마시지 못했지만 음식은 정말 맛있었다. 나는 허기진 말처럼 허겁지겁 먹었다.

식사 도중 내 눈길을 끈 것은 반대쪽에 앉아 있는 한 신부님의 몸집이었다. 그 신부님은 내가 지금까지 본 신부님 가운데 가장 큰 몸집을 가지고 있었다. 그런데 그 신부님은 덩치에 비해 아주 적은

양의 음식을 먹었다. 알고 보니 거대한 몸집은 갑상선 이상으로 생긴 결과라고 했다.

곳곳에 'Pax(평화)'라는 글자가 새겨진 수도원 건물은 무척 아름다웠다. 한 수사님이 내게 미국의 트라피스트 수도회의 토마스 머튼 신부와 수도회의 놀라운 활동에 대해 아는지 물었다. 그 수도원에 대해 기억나는 것이라곤 문지기가 무척 차갑게 대했다는 것과 음식이 더할 나위 없이 빈약했다는 사실이었다.

비가 내리더니 먼 곳에서 천둥소리가 들려왔다. 안드레아 신부님은 내일도 비가 오면 이곳에서 하루 더 묵자고 했다. 반대할 까닭이 없었다.

2차 십자군 출정식이 시작된 베젤레 _ 7. 28. 화

아침 일찍, 트라피스트 수도원을 떠났다. 그런데 곧바로 비가 내리기 시작하더니 하루 종일 오락가락했다. 운전을 하던 안드레아 신부님은 완전히 젖어 버렸다. 하지만 나는 뒤에 타고 있어 양말만 젖었다. 라임이라는 마을의 작은 식당에 들러 점심을 먹는 동안 안드레아 신부님은 옷을 벗어 부엌에 말렸다. 그는 도대체 부끄러움이 없다. 식사를 마치자 웃도 거의 말랐다.

라임에서 유명한 성당을 찾아갔다. 성당 규모가 크기도 했지만 분위기가 마치 박물관 같아서 무척 인상적이었다. 건물 구조의 모든 초점이 성당 건축의 주목적이 되는 성체에 집중되어 있었다. 창문의 스테인드글라스는 놀랍도록 훌륭한 예술 작품이었다. 색상은 비할 데 없이 아름다웠다. 거대한 벽걸이 융단 그림의 주제는 주로 구약 성서에 나오는 많은 인물들과 함께 있는 동정녀 마리아에 관한 것이었다.

오토바이가 달리는 동안 두세 번 깜박 존 적이 있다. 그 때문에 잠결에 내 머리가 안드레아 신부님의 등을 박았다. 그 뒤부터는 달리는 도중 안드레아 신부님은 내가 등 뒤에 계속 잘 타고 있는지 확인하기 위해 가끔 한 손으로 나를 만져보곤 했다.

밀밭을 지나고 샴페인 산지와 포도밭과 수많은 언덕을 지났다. 경치는 한없이 아름답고 황홀했다. 그런데 자세히 보니 마을 모습이 한결같이 똑같았다. 예를 들면 이런 식이었다. 모든 마을이 산골짜기 위의 평평한 곳에 들어서 있고, 단조롭고 낡은 벽돌집들로 집단을 이루고 있었다. 그리고 한가운데에 약속이나 한 듯 성당의 뾰족탑이 높게 솟아 있었다.

오후 늦게 베젤레에 도착했다. 베젤레는 프랑스 중북부 지방의 작은 마을이다. 이곳의 역사는 9세기에 세워진 베네딕도 대수도원과 관련이 있다. 성 막달라 마리아의 것으로 추정되는 유물을 이슬람 군대가 약탈하지 못하도록 이 수도원에 안치한 뒤부터 수많은 순례자가 수도원으로 몰려들었다. 그러다 보니 수도원을 중심으로 약 인구 1만 명의 큰 마을이 이루어졌다. 1146년 성 베나르두스가 2차 십자군 원정을 격려하기 위해 루이 7세가 지켜보는 가운데 베즐레에서 설교회를 가졌다고 한다.

12세기도 전에 만들어진 이 작은 마을로 가는 길은 꾸불꾸불하고, 큰 언덕이 마치 독수리의 보금자리처럼 자리 잡고 있었다. 언덕이라기보다는 작은 산이라고 말할 수 있었는데, 안드레아 신부님은 그저 작은 언덕이라고 우겼다. 어쨌든 골짜기 반대편은 시상(詩想)을 떠올릴 만큼 아름다웠다. 이 마을의 명물은 단연 12세기에 세운 베즐레 성당이었다. 2차 십자군 출정을 이곳에서 시작했다.

오늘 밤은 베네딕도 수도회에서 운영하는 일종의 호스텔에서 묵기로 했다. 묘하게 생긴 건물이었는데, 안뜰 한가운데 우물이 있었다. 호스텔에는 두 명의 다른 여행객이 있었는데, 네덜란드 사람들로 둘 다 의대생이었다. 대부분의 네덜란드 청년들처럼 깔끔하고 굳세어 보였는데, 유럽을 무전여행 중이라고 했다.

오늘 밤은 정면을 똑바로 볼 수 없을 정도로 피곤하다. 아마 여행에 지나치게 몰입해 생긴 신경 과로에서 오는 현상인 것 같다.

황홀한 성당과 가난한 젊은이들 _ 7. 29. 수

내가 넋을 잃을 정도로 황홀감에 빠진 것은 베즐레의 중세기 성당을 보면서였다. 너무나 장대하고 아름다운 성당을 감상하며 찬미하기 위해서는 하루 종일의 시간이 필요할 것 같았다. 중세에 지은 성당 건축물에 내가 넋을 잃을 정도로 빠져들 것이라고 전혀 예상하지 못했기 때문에 나의 이런 반응에 스스로 놀라지 않을 수 없었다.

성당 안의 성상들은 이 성당을 지은 사람들의 고귀한 신앙심을 잘 말해주고 있었는데, 성서에 나오는 구절을 묘사한 그림들은 신학에 대한 그들의 이해력을 감동적으로 증언하고 있었다.

성당은 마치 산 같은 언덕의 바위 바닥 위에 세워져 있었다. 언덕 위의 그림 같은 마을과 함께 서 있어 그 아름다움은 더욱 황홀했다. 마치 5백 년이나 7백 년 전으로 되돌아간 기분이었다. 성당은 수세기가 지났는데도 옛 모습이 거의 그대로 남아 있었다.

2세기에서 3세기 로마 시대의 유적도 둘러보았다. 우리를 안내한 사람은 지독한 성직자 비판자였다. 그는 이 지방을 지배했던 수도원의 수사들이 모든 고대 유적을 깡그리 부수어 놓았다며 우리에게 분노를 토했다. 안드레아 신부님도 그의 생각이 옳다고 동의했다. 아무튼 둘 다 대단히 재미있는 사람들이다.

점심 무렵, 긴 프랑스빵과 치즈와 버터를 사서 간이식당에 들어갔다. 그러고는 음료수만 주문한 뒤 함께 먹었다. 대부분의 간이식당에서는 이런 식사 행위를 용납해 주었다. 점심 식사를 하는데 무척 행복하다는 생각이 들었다. 이것이 바로 인생이구나, 하는 생각도 들었다.

아름다운 오후였다. 햇살은 눈부시고, 하늘에는 솜털 같은 구름이 떠다녔다. 오후 내내 산을 보면서 달렸다. 프랑스는 참 아름다운 나라였다. 직접 보지 않고는 그 아름다움을 느끼기 힘들 것이다. 미국과는 전혀 다른 세계였다. 우선 길에 간판이 없었다. 자동차도 많이 다니지 않았다. 무엇보다 시골은 자연 그대로의 모습이 남아 있어 순수하기 짝이 없었다. 시골길을 지나는 동안 강가에서 빨래하는 여자들의 모습을 여러 번 보았는데 너무나 아름답고 평화로운 모습이었다.

저녁 7시쯤 가톨릭 합숙소에 잠자리를 정했다. 고향을 떠나온 청년 노동자들을 위해 교회에서 음식과 잠자리를 제공하는 곳이었다. 우리는 그곳에서 강인하고 말없는 프랑스 젊은 친구들을 많이 만났다. 그들은 식사하는 도중 계속 우리에게 관심을 보였다. 저녁 식탁이 흥미로웠다. 각 사람 앞에 긴 프랑스빵과 포도주가 담긴 술잔이 놓여 있었다. 사람들은 입으로 먹은 빵이 귀로 나올 때까지 엄청나게 먹고 포도주는 물처럼 마셨다.

식사 후 한 젊은이가 내게 동네 산보를 같이 가자고 했다. 피곤했지만 기분 전환을 위해 함께 걸으며 이야기를 나누었다. 그의 가족은 이곳에서 가까운 농촌 마을에서 가난하게 살고 있다고 했다. 우리는 기차역으로 갔다. 그는 고향 마을에 사는 애인이 탄 통근 기차가 이 역을 밤마다 지나간다고 했다. 기차가 도착하자 젊은이는 재빨리 기차 쪽으로 가서 창 너머 얼굴을 내민 애인과 키스하고, 기차가 떠날 때까지 이야기를 나누었다. 이런 식으로 날마다 애인을 만난다고 했다. 결혼하고 싶지만 돈 사정이 여의치 않다고 했다.

합숙소 분위기는 화기애애했다. 하지만 단조로운 건물 안에는 형편없는 침대가 놓여 있었는데 시트나 베개도 없었다. 어떤 노동자는 집을 떠나 타지에서 일하기에는 너무 어려 보이기도 했다.

순박한 시골 사람들 _ 7. 30. 목

하루 종일 프랑스 중부 지방의 산악지대를 달렸다. 자연 경치로 말할 것 같으면 지금까지 내가 본 어느 지역도 이 경치에 미치지 못했다. 정말 하느님의 나라라는 생각이 들었다. 아주 오래된 마을과 교회도 둘러보았는데, 어떤 곳은 시기적으로 11세기 또는 12세기까지 거슬러 올라갔다.

점심은 우리 식대로 해결했다. 빵과 치즈를 산 뒤 간이식당에 들어가 음료수만 사서 먹었다.

추위에 온 몸이 떨리고, 배가 고파 죽을 지경이 된 저녁 8시에 산골 마을 오벨뉴에 도착했다. 도착하자마자 본당 신부님을 찾아갔다. 사제관에는 빈방이 없어 신부님은 우리를 어느 농부의 집으로 안내해 주었다. 마음이 순박하고 신앙심이 깊은 농부였는데, 신학생과 신부님을 손님으로 모시는 것을 영광으로 여겼다.

우리는 거실에서 주인 농부와 이야기를 나누며 포도주를 마셨다. 곁눈으로 슬쩍 보니 착한 부인이 우리에게 대접하려고 어렵게 구한 듯한 소고기 두 점으로 스테이크를 굽고 있었다.

나는 그들에게 농촌 생활에 대해 물어 보았다. 그들의 생활에는 추호의 낭만도 없었다. 여름에는 아침 5시부터 저녁 8시나 9시까지 일을 하는데, 이때는 어린 아이들까지 일한다고 했다. 겨울에는 벌목장에서 일하는데, 일은 고대고 임금은 형편없다고 했다. 이 때문인지 많은 사람들이 도회지의 장밋빛 생활을 그리며 마을을 떠난다고 했다.

마침내 스테이크 요리가 완성된 것 같았다. 식탁에는 최고의 음식이 차려져 있었다. 정말 고마웠다. 지금껏 만난 사람 가운데 가장 친절한 사람들이었다. 저녁을 먹고 나자 깨끗한 침대 시트와 수건도 준비해 주었다.

잠자기 전, 안드레아 신부님이 갑자기 웃었다. 왜 그런지 물어보자, 나를 5분 동안 관찰한 결과 내가 술에 취했다는 것이다. 하지만 난 사실 포도주 두 잔밖에 마시지 않았다. 그것도 아주 작은 잔이었다. 어쨌든 내게는 펩시콜라보다 강한 것은 무엇이든지 위험하다.

보이스카우트 캠프장에서 _ 8. 1. 토

이번 여행의 즐거움 가운데 하나는 여행의 다양성이었다. 예를 들어 이 일기를 쓰는 지금 나는 보이스카우트 캠프장의 천막 안에 있다. 어떻게 이곳에 오게 되었는지 시간 순서에 맞춰 설명해 보겠다.

어제는 산골 지방의 한 순박한 농가에서 하룻밤을 묵었다. 새벽 3시, 10세기에 만들어진 마을 탑시계의 종소리에 잠을 깼다. 창문의 덧문을 열고 광장을 내려다보았다. 광장에는 마을 사람들이 사용하는 오래된 우물이 있고, 바로 그 뒤에 성당이 있었는데, 하늘에 떠 있는 달이 마을을 환히 밝히고 있었다. 그 광경은 정말 아름다웠다. 마치 중세 시대에 와 있는 것 같았다. 하지만 새벽 3시는 달빛에 잠긴 마을을 감상하기보다는 잠자는 것이 훨씬 나을 시간이었다. 나는 5분도 되지 않아 다시 침대 속으로 들어갔다.

아침 식사는 본당 신부님과 함께 했다. 전형적인 유럽식이었다. 빵과 버터, 커피를 탄 따뜻한 우유가 전부였다. 간단하면서도 훌륭했다. 미국 사람들이 즐기는 베이컨과 달걀이 포함된 아침 식사보다 훨씬 좋았다. 내 기억이 정확하다면 워싱턴의 우리집 아침 식사는 미국식보다는 유럽식에 가까운 것이었다.

아침을 먹고 짐을 챙겨 나와 다시 길에 나섰다. 날씨는 쾌청했다. 푸른 하늘에 하얀 조각구름들이 떠 있었다. 다시 말하지만 프랑스 시골은 참으로 아름다웠다. 계속해서 오토바이를 달리는 중에 여러 마을과 성당들을 구경했다.

피세라는 마을에서는 11세기에 지은 성당이 61미터 높이의 바위 위에 세워져 마을을 내려다보고 있었는데, 마치 대좌(臺座) 위에 서 있는 성상 같았다. 또 산꼭대기에는 마을을 내려다보는 아기 예수를 안은 동정녀 상이 서 있었다. 1차 세계대전 때 사용한 대포 두세 개를 녹여 만든 것이라고 했다. 그렇게 예쁘지는 않았지만 거대함만큼은 사람을 압도했다.

저녁 6시쯤 안드레아 신부님의 친구 신부님이 있다는 산골의 작은 마을에 다다랐다. 그런데 친구 신부님은 없고 대신 어머니가 우리를 맞았다. 친구 신부님은 보이스카우트와 함께 야영을 갔다고 했다. 신부님의 어머니는 전형적인 시골 부인이었는데, 갈색 피부에 주름 잡힌 얼굴이 소박하면서도 강인해 보였다. 어머니는 단번에 포도주 병을 따고, 빵과 치즈를 내놓았다. 순수하고 거짓이 없는 후한 대접이었다.

어머니에게 약도를 받아 캠프장을 찾아 나섰다. 소나무 숲을 1시간 반쯤 헤맨 끝에 호숫가에 설치된 캠프장을 찾았다. 친구 신부님은 우리를 무척 환영했고, 우리는 보이스카우트 단원들의 캠프파이어에 참가해 함께 노래하고 이야기도 나누었다. 캠프파이어가 끝나고, 우리는 또 다른 두 명의 신부님과 몇몇 신학생들과 어울려 포도주를 마시며 이야기를 나누었다. 무척이나 즐거운 시간이었다.

노새와의 동침 _ 8. 2. 일

지금 나는 시골 외양간의 흐릿한 전등불 아래서 이 글을 쓰고 있다. 안드레아 신부님은 같은 불빛 아래에서 성무일도를 바치고 있다. 얼마 떨어지지 않은 곳에는 잠잘 시간(9시 30분)이 훨씬 지났는데도 왕성한 식욕으로 시끄럽게 먹이를 먹고 있는 노새 한 마리가 있다.

　농부에게 외양간 건초더미에서 잘 수 있게 해 달라고 부탁했더니 흔쾌히 승낙해 주었다. 그런데 노새와 함께 자야 하는 조건이었고, 그 위는 농부 가족들의 생활공간이라 조금 시끄러웠다. 게다가 농부는 노새가 성질이 고약하니 조심하라고 일러 주었다. 우리는 외양간 밖을 나갈 때마다 노새의 큰 엉덩이 곁을 지나야 했는데, 그때마다 한눈팔지 않고 놈의 뒷다리를 지켜봐야 했다.

　외양간 냄새는 노새의 꼬락서니만큼이나 고약했다. 그러나 안드레아 신부님은 자연의 냄새이고, 따라서 건강에 좋다고 익살스럽게 이야기했다. 자연을 좋아하는 나도 그 말을 믿고 싶었다. 하지만 그날 그 밤의 일을 어찌 잊으랴!
　엄청나게 더워 쉽게 잠들 수 없었는데, 노새는 밤새도록 먹고, 먹고, 또 먹었다. 마치 기계같이 오도독 오도독 씹고 또 씹었다. 처음에는 짜증이 났지만 나중에는 노새가 위대해 보였다. 노새는 한

밤중에도 좀처럼 씹는 것을 멈출 기색이 없었다. 우리는 잠자기를 포기하고 서로 쳐다보며 웃을 수밖에 없었다.

잠을 자다가 뒤척이는 바람에 건초더미가 우리 위로 쏟아지기도 했다. 전기불이 꺼져 한 치 앞도 안 보이는 상황에서 도대체 무슨 일이 벌어졌는지 알 수 없었다. 새벽 4시쯤에 또 건초더미가 쏟아져 우리를 꼼짝 못하게 만들기도 했다.

수정 동굴과 가난한 시골 사람들 _ 8. 3. 월

외양간 위층의 농부 가족이 일어나 바쁘게 움직이기 시작했다. 시계를 보니 새벽 5시였다. 6시 미사 참례를 위해 우리도 일어났다. 잠을 설쳐 약간 피곤했지만 밤사이 일어난 일이 우습기도 했다.

산골짝에서 흐르는 시냇물에서 목욕을 했다. 찬 시냇물은 깨끗했고, 맑고, 빠르게 흘렀다. 목욕 뒤에 느끼는 개운함이란 백만 달러의 가치와 같다. 미사를 마치고 빵과 치즈, 버터를 사서 농부의 집으로 갔다. 그리고 농부에게 생우유를 사서 빵과 함께 먹었다.

농부의 외양간을 나와 산골 도로를 달렸다. 좁은 골짜기에 나 있는 험한 길이었다. 길 오른쪽 끝에 30센티미터 높이의 보호석이 있고, 그 너머는 60에서 90미터 정도 되는 가파른 낭떠러지였다. 게다가 좁은 골짜기는 온통 바위 투성이었다. 쳐다보기만 해도 아찔했다. 우리는 그런 길을 수십 킬로미터나 달렸다. 안드레아 신부님의 운전 실력만이 우리를 지옥으로부터 보호하고 있었다. 위험하기 짝이 없는 길이었지만 아름답기 짝이 없는 것도 사실이었다. 지금까지 본 경치 중에 가장 아름다운 모습이었다.

점심을 먹고 난 뒤에는 세계적으로 이름난 수정 동굴을 향해 떠났다. 가는 길에 큰비가 쏟아졌다. 20미터 앞도 보이지 않는 빗속에서 험한 고갯길을 오르내리며 약 30킬로미터를 달렸다. 다행히 안드레아 신부님은 마치 아이들이 장난감 자전거를 다루듯 오토바이를 다루었기 때문에 조금도 걱정이 되지 않았다.

드디어 동굴에 도착했다. 고생한 보람이 있었다. 높이가 90미터나 되고, 둘레는 1백50미터 되는 동굴에는 온갖 모양의 커다란 수정 조각들이 가득했다. 한마디로 장관이었다.

동굴 구경을 마치고 또다시 노새와 함께 잠을 자기 위해 농부의 외양간으로 돌아갔다. 잠옷 바람의 안드레아 신부님은 오토바이와 거대한 짐승(노새), 그리고 외양간 기둥에 걸린 전등 불빛 아래에서 글을 쓰고 있는 내 모습을 사진에 담고 있었다. 어젯밤에는 노새의 식욕이 너무나 왕성해 우리의 잠을 방해했지만 오늘밤은 훨씬 얌전한 것 같아 잠을 푹 잘 수 있을 것 같았다.

그런데 밤 10시쯤 되었을 때다. 저녁 식사를 끝낸 주인 농부가 빗방울이 떨어지기 때문에 밖에 있는 건초를 실은 짐마차를 외양간 안으로 들여놓아야겠다고 했다. 농부는 우리를 똑바로 볼 수 없을 만큼 피곤해 보였다. 부인의 말에 따르면 남편은 날마다 하루 15시간에서 16시간 동안 일을 한다고 했다. 누구라도 그만큼 일을 하면 녹초가 되지 않고는 배기지 못할 것 같았다.

아름다운 신전 마을, 님(Nimes) — 8. 4. 화

10시쯤 짐을 챙겨 마르세이유(프랑스 남부의 항구도시)쪽으로 떠났다. 드디어 산악지대를 벗어났다. 드넓은 땅에 군데군데 포도밭이 있고 사이사이에 올리브 나무들이 서 있었다.

1시쯤 님(Nimes)에서 점심을 먹었다. 식당에는 이탈리아에서 여행 온 가족이 있었는데 말이 통하지 않아 제대로 주문을 못하는지 큰소리가 오갔다. 안드레아 신부님이 종업원에게 다가가 통역을 해주었다. 그렇게 해서 우리는 그들과 친구가 되었다. 그들은 우리에게 포도주를 샀고, 안드레아 신부님은 그들과 이탈리아 말로 계속 이야기를 나누었다. 재미있고 호감 가는 사람들이었다.

점심을 먹고, 기원전 1세기에 지은 것으로 지금도 투우 경기가 열리고 영화 상영을 하는 고대 경기장을 찾았다. 경기장은 무척 인상적이었다. 경기장 안에서는 여행을 온 듯한 네댓 명의 소년들이 투우 흉내를 내고 있었다. 그런데 그 모습이 너무나 우스꽝스러워 우리는 심하게 웃었다. 그러다가 계단 아래로 굴러 떨어질 뻔했다.

아름다운 다이아나 신전도 찾아갔다. 1세기에 지은 건축물로, 박물관으로 사용되고 있는 내부에는 고대 그리스와 로마 시대의 석상과 꽃병들이 많이 전시되어 있었다. 이렇게 고상한 예술적 감각을 가졌던 고대 사람들이 인간에 대한 관념은 왜 그렇게 빈약했을까, 하는 생각이 들었다.

길을 걸었다. 무척 더웠다. 사람들도 많았다. 아무도 일하지 않는 것처럼 보였다. 길가 카페에서는 많은 사람들이 모여 온갖 몸짓을 하며 큰소리로 이야기를 나누고 있었다. 공원에서는 볼링 비슷한 공놀이를 하고 있었다. 이 지역의 독특한 놀이인 것 같았다.

저녁 7시쯤 마르세이유에 도착했다. 프랑스에서 두 번째로 큰 도시다. 시끄럽고 지저분한 것이 마치 시카고와 비슷하다.

지중해에 몸을 담그다 _ 8. 5. 수

머리 위로 햇살이 내리쬐는 지중해 해변으로 수영을 하러 갔다. 수정같이 맑은 남색의 바다는 더없이 깨끗하고 아름다웠다. 그런데 수영하는 사람이 아무도 없었다. 이해할 수 없었다. 하지만 물속에 들어가 보고서야 궁금증이 풀렸다. 바닷물이 얼음같이 차가웠다. 물은 너무 맑아 4미터 깊이의 바닥도 손에 잡힐 듯 보였다.

해변의 모습은 무척이나 흥미로웠다. 모든 사람들이 완전 나체는 아니지만 마치 어떻게 하면 남보다 더 많이 벗어 보일 수 있을까 경쟁하는 듯했다. 이런 분위기에서도 안드레아 신부님은 성무일도를 바치겠다고 농담을 했다.

해변과 산을 따라 하루 내내 달렸다. 도로는 관광객으로 가득했고, 도로변 마을은 모두 해수욕장을 끼고 있는 휴양지였다. 텐트와 캠핑카도 수없이 보였다. 4시쯤 오토바이를 세우고 해변 큰 바위 뒤에서 수영복으로 갈아입고는 물속에 뛰어들었다. 이번에는 물이 따뜻해 정말 낙원의 정원에서 수영하는 느낌이었다.

저녁 8시. 산중에 꼭꼭 숨은 아주 오래된 작은 산골 마을에 도착했다. 본당 신부님을 찾았더니 마침 저녁 식사를 하는 참이었는데 우리를 반갑게 맞이해 주었다. 주방일 하는 수녀님이 급히 서둘러

우리에게 훌륭한 식사를 마련해 주었다.

이곳의 본당 신부님은 정말 선교 일선에서 사목을 한다고 말할 수 있을 것 같았다. 산악 지방에 있는 세 곳의 성당을 관리하는데, 가장 가까운 이웃 신부님이 32킬로미터나 떨어진 곳에 있다고 했다. 그리고 현재 프랑스 전역에 사제가 없는 성당이 2백80개나 된다고 했다.

저녁 식사 후 우리는 1천 년이나 된 마을을 둘러보았다. 50년 전에는 마을 인구가 7백 명이었는데 지금은 2백50명이라고 한다. 그 때문에 많은 집들이 폐가가 되어 있었다. 읍장을 방문했다. 그는 우리에게 가장 좋은 브랜디를 내놓았다. 골무에 담을 정도의 양을 마셨는데, 맙소사 불을 마신 것 같았다.

어둡고 조용한 시골 마을의 좁은 길을 걸으니 기분이 묘했다. 게다가 정확이 1천 년 전에 만들어진 마을을 걷는다고 생각하니 황홀한 느낌마저 들었다. 오늘 밤 우리는 마치 부자가 된 기분이었다. 본당 신부님이 지중해 연안 산악지대의 한 휴양 마을에 있는 멋진 저택으로 우리를 초대했기 때문이다. 길에 나선 지 일주일 만에 최고의 잠자리를 갖게 된 셈이다.

베르드 계곡에서의 멋진 식사 _ 8. 6. 목

아침 미사 후에 본당 신부님과 식사를 하면서 많은 이야기를 나누었다. 나는 본당 신부님에게 혹시 이곳에 와서 농촌 일을 돕거나 본당 일을 도우면서 두 달쯤 머물 수 있을지 물어 보았다. 신부님은 그렇게 해 주면 오직 고마울 뿐이라고 했다. 그래서 스위스를 벗어나 안드레아 신부님과 헤어질 때 이곳에 다시 와서 나머지 방학을 보내겠다고 했다. 내게는 아주 좋은 기회가 될 것 같았다. 농촌 생활과 이곳의 본당 활동이 틀림없이 선교를 위한 좋은 경험이 될 것 같았기 때문이다.

본당 신부님과의 대화를 끝낸 다음 오토바이를 타고 주변을 둘러보았다. '베르드'라는 계곡을 구경했는데 대단히 장관이었다. 계곡의 깊이가 3백 미터가 넘고, 바닥에는 세찬 급류가 흐르고 있었다.

안드레아 신부님은 돈을 아까워하지 않았다. 계곡이 내려다보이는 멋진 식당에서 훌륭한 식사를 사주었다. 그리고 한동안 식당에 앉아 경치를 즐겼다. 식당 안에 있던 사람들이 우리에게 다가와 계속 말을 걸어왔다. 낯선 이방인이 신기한 모양이었다.

지금까지 우리가 오토바이로 달린 거리는 2천 킬로미터가 넘는다.

본당 신부님에게 아침 식사 준비의 부담을 덜어주고자 일어나자마자 짐을 챙겨 나왔다. 남프랑스 기후는 에덴동산의 기후와 비슷하다. 날마다 맑고 따뜻하다.

빵과 우유로 아침을 먹고 모나코의 몬테칼로로 향했다. 몬테칼로는 모나코 공화국의 항구다. 모나코는 인구 2만의 작은 도시국가로 주산업은 도박과 관광이다.

몬테칼로를 지나면서 안드레아 신부님은 도박장의 회원이 되려면 적어도 도박장에서 2천 달러는 털려야 한다고 했다. 그렇게 함으로써 자동적으로 잔챙이들을 걸러낸다고 했다. 눈에 보이는 모나코는 화려하고, 고상하고, 개방적으로 보였지만 아마 안으로는 썩고 곪아 있을 것 같았다.

몬테칼로에서 겨우 몇 킬로미터밖에 떨어져 있지 않은 이탈리아로 향했다. 넘쳐나는 자동차 때문에 국경을 넘는 데 1시간 반이 걸렸다. 날씨는 무덥고, 배도 고프고, 목도 말랐다.

이탈리아에서 가장 먼저 찾은 곳은 세계에서 가장 아름다운 수영장이라 할 수 있는 지중해였다. 바닷물이 너무 좋았다. 물의 온도가 적당해 피로 회복에 안성맞춤이었다. 수영을 한 뒤 싸고 맛있는 식당을 찾았다. 스파게티와 해물 그리고 포도주까지 곁들인 멋진 점심 식사를 했는데 값은 겨우 1인당 80센트였다.

점심 식사 후 다시 출발을 하려는데 타이어가 터지고 말았다. 안드레아 신부님과 이탈리아 사람 두 명이 타이어를 고치는 두 시간 동안 나는 동네를 산보했다. 아주 가난한 동네였다. 나의 불어 실력은 겨우 더듬거리며 글자를 읽는 수준이었고, 이탈리아어는 사람들이 천천히 말하면 조금 알아듣는 정도였다. 그 부족한 이탈리아어 실력으로 나는 동네 사람들과 대화를 나누었다.

타이어 수리가 끝나자, 다시 이탈리아 반도의 지중해 해안을 따라 아래로 내려갔다. 도로에서 바다가 너무 가까워 침을 뱉으면 바다에 떨어질 것 같았다. 저녁 8시쯤 어느 작은 해안 마을에 도착했다. 음식을 사고 잠잘 장소를 찾아 나섰다. 마침 여행 중인 이탈리아 신부님들이 사용하는 아주 훌륭한 숙박 시설이 있었다. 그런데 숙소의 이탈리아 신부님들이 안드레아 신부님의 옷차림(작업용 바지와 작업용 윗옷)을 보고 아주 못마땅해했다. 그들은 지독하게 보수적이었던 것이다. 그런데도 안드레아 신부님은 이탈리아 신부님들이 눈살을 찌푸리는 것을 보고 오히려 재미있어 했다.

'수단을 입지 않고는 아무도 외출할 수 없다'는 글이 로비의 넓은 벽에 크게 적혀 있었다. 안드레아 신부님은 샤워를 마치고 파자마 바람에 맨발로 발뒤꿈치를 든 채 고양이 걸음으로 복도를 지나 방으로 들어왔다. 이탈리아 신부님과 맞닥뜨리지 않기를 빌면서 말이다.

쟈니의 집 _ 8. 8. 토

어제 있었던 두 가지 주요 뉴스는 이렇다. 하나는 금요일인 줄 모르고 육고기를 먹은 것이고, 또 다른 하나는 오토바이 앞바퀴에 고양이가 부딪혀 죽었다는 사실이다. 그런데 우리가 죽인 것인지 고양이 스스로 자살한 것인지는 모르겠다. 아무튼 고양이가 오토바이에 뛰어든 것은 사실이다.

오늘 아침에도 지중해에서 수영을 했다. 물이 따뜻했다. 점심 식사 후에는 내륙으로 들어갔다. 쟈니라는 우리 회(SAM)의 신학생 마을로 가기 위해서였다. 지대가 평평해 오토바이가 달리기는 좋았는데 경치가 그렇게 좋지는 않았다. 도로는 광고 간판으로 어지러웠고, 미국 볼티모어 고속도로보다 더 지저분했다. 지나는 마을들은 한결같이 가난하고 지저분했다. 인구도 많아 어딜 가나 사람들로 복잡했다. 이탈리아의 인구는 일본과 같이 넘쳐나지만 어느 나라도 그들을 도와주지 않는다고 했다.

저녁 식사 시간에 맞추어 쟈니의 집에 도착했다. 쟈니의 아버지는 가구 기술자라고 했다. 그가 만드는 가구는 더없이 아름다웠지만 잘 팔리지는 않는 모양이었다. 통나무로 만든 가구들은 정말 튼튼하고 멋있었다. 만약 미국으로 가져가 우리 아버지에게 팔게 하면 큰돈을 벌 수 있을 것 같았다. 그런데 소량 수출은 하기가 어렵다고 하니 방법이 없었다.

쟈니의 어머니가 차려준 음식은 전형적인 이탈리아식이었다. 큰 사발에 담뿍 담긴 마카로니에 10가지가 넘는 포도주가 나왔다. 나는 저녁 내내 나의 잔에 포도주를 채우려는 그들의 노력을 만류해야 했다. 술을 좋아하지도 않고 잘 마시지도 못하는 것이 너무 미안했다. 식탁에 나온 포도주는 아마도 황제의 식탁에나 어울릴 정도로 고급스러운 것이었다. 하지만 내 개인적으로는 차가운 펩시콜라가 더 좋았다.

가족 모두는 그지없이 친절했다. 이탈리아에서는 중산층에 속한다고 하는데도 수돗물도 나오지 않고, 빨래도 손으로 하고, 집 바깥에 있는 재래식 화장실을 사용했다. 물론 냉장고도, 자동차도 없었다.

점심때는 인근에 사는 다른 가족의 초대를 받아 최고의 이탈리아식 음식을 먹었다. 스파게티와 구운 쇠고기, 두세 가지의 야채, 구운 닭고기, 감자가 주요리였고, 맛좋은 과일과 함께 치즈 케이크와 이탈리아식 푸딩이 나왔다. 그리고 마지막으로 커피가 나왔다. 식사 하는 동안 포도주도 네 종류 이상 나왔다. 훌륭한 식사였지만 솔직히 내게는 펩시콜라와 햄버거 두 개가 더 좋을 것 같았다.

오후에는 이곳 풍습대로 낮잠을 잤다. 이탈리아 사람들의 생활은 놀랍기만 했다. 자정이 지나서까지 시끄럽게 떠들고, 노래하고, 휘파람을 불고, 고함을 질렀다. 그러다가 아침 5시가 되면 또다시 시끄럽게 떠들었다. 오늘 아침에도 그랬다. 바깥이 너무 시끄러워 10시쯤 되었나 하고 일어나 보니 겨우 5시 15분이었다. 날씨가 너무 덥기 때문에 아침 일찍 일을 시작하고, 점심 식사 뒤 낮잠을 자고 밤늦게까지 깨어 있었던 것이다.

낮잠을 잔 뒤 시골길을 걸었다. 돌아오는 길에 농가 마당에서 일하고 있는 한 모녀를 만나 이야기를 나눴다. 우리가 도착한 뒤 곧바로 벨기에 신부와 미국인 신학생이 왔다는 소문이 마을에 퍼진 모양이었다. 그러니 두 모녀는 우리를 쉽게 알아보았다. 모녀는 내가 사제가 된 뒤 동양에 간다는 말을 듣고 무척 놀라는 기색이었다. 왜냐하면 세계 지리에 대한 지식이 전혀 없는 그들에게 있어 동양에 간다는 것은 마치 화성이나 금성에 가는 것과 비슷하게 들리는 듯했기 때문이다.

모녀는 우리 가족에 대해서도 물어왔다. 설명을 해주자 대가족인 것 같다며 좋아했다. 그 다음 질문은 이탈리아 사람이면 으레 묻는 것으로, '당신의 아버지는 부자입니까? 그리고 큰 저택에 삽니까?' 였다. 나는 미국 사람이라고 모두가 부자는 아니며, 특별히 나의 아버지는 부자가 아니라고 했다. 모녀는 내 설명에 만족한 듯했다. 모녀는 미국인과 이야기한 것을 자랑스럽게 여기는 듯했다. 나도 약간은 우쭐한 기분이 들었는데, 서툰 이탈리아어로 그들의 말을 알아들었고, 내 말을 그들이 알아들었기 때문이다.

마을 중심부를 벗어나자 축구장이 나왔다. 한 무리의 아이들이 공을 차고 있었다. 한참 구경을 하다가 돌아서는데 한 아이가 일부러 나를 향해 공을 찼다. 같이 놀자는 신호였다. 내게 굴러온 공을 차 주었는데 엉뚱한 방향으로 날아가 울타리 너머 옥수수 밭에 떨어졌다. 아이들이 크게 웃으면서 내게 달려왔다. 15명쯤 되는 아이들은 10살에서 20살까지 다양한 듯했다. 그들은 내게 같이 공을 차자고 했다. 아이들은 축구를 아주 잘했다. 축구는 그들의 운동이기 때문에 아이들은 나보다 월등하게 잘 찼다.

미국 사람들은 다 부자인가요? _ 8. 9. 일

마을 성당의 아침 6시 미사에 갔다. 성당 안이 꽉 찼다. 제대 뒤에 있는 의자가 남자석이고 나머지 자리는 여자석이었다. 자리 배치를 모르고 성당 한가운데 앉았다. 미사가 시작될 무렵 나는 2백여 명의 여성 가운데 앉은 유일한 남성이 되었다. 세 번째 줄 앞에 앉은 한 아가씨가 계속 고개를 돌려 나를 보고 있었다. 그녀를 무시하고 좀 더 경건해지고 싶었지만 쉽지 않았다.

미사 중 부르는 성가가 무척 아름다웠다. 슬프면서도 깊은 감정이 가득 들어 있었다. 노래는 마치 인도 음악 같기도 하고 흑인 영가 같기도 했는데, 가난하고 고통 받는 사람들의 영혼에서 우러나오는 음악 같았다.

아침 식사 후 마을 주변을 오토바이로 둘러보았다. 주일이라 좋은 옷을 입은 사람들이 길에 가득했다. 사람들은 산보하면서 서로 이야기하고, 카페에서 포도주를 마시며 주일을 거룩하게 보내고 있었다.

점심 식사 후에는 본당 회관을 방문했다. 그곳에서 가톨릭 액션 단체의 청년 회원들을 만났는데 정말 좋은 인상을 받았다. 모두 깔끔한 옷차림이었고, 착한 성격에 패기와 소박한 정이 넘치고 있었다. 또다시 미국에 대한 질문이 이어졌다. 미국 사람은 부자인지, 우리가 사는 집은 어느 정도 큰지, 미국에 이민 간 이탈리아 사람들이 부자가 되었다는 말이 사실인지 물었다.

저녁에는 쟈니 집의 작은 마당에서 저녁 식사를 했다. 식탁에 둘러앉아 가족들과 밤 11시까지 이야기를 나누었다. 쟈니의 친지들도 참석했는데, 사람들은 선교협조자회(SAM)의 성격에 대한 안드레아 신부님의 설명을 진지하게 경청했다.

춤추는 것은 대죄입니다? _ 8. 10. 월

15세기에 성모님이 발현한 곳으로 알려진 성지에서 안드레아 신부님은 미사를 드렸다. 하지만 나는 수백 명의 순례자들과 관광객들이 내는 시끄러운 소리 때문에 미사에 집중하기가 어려웠다.

미사를 마치고 나자 성지를 관리하는 몬시뇰이 우리에게 커피를 대접했다. 몬시뇰은 통통한 체구에 마음이 온순해 보이는 분이었다. 커피와 약간의 위스키 대접을 받은 뒤 우리는 신학생 쟈니의 마을을 향해 떠났다.

마을에 도착한 뒤에는 본당 신부님을 만나 이야기를 나누고 또다시 포도주를 마셨다. 한 가지 재미난 사실은, 본당 신부님이 무도회장을 설치한 2명의 청년과 크게 다투었다는 것이다. 이탈리아 교회에서는 댄스가 대죄로 간주되고 있었다. 조금도 과장된 말이 아니다. 그래서 본당 신부님은 무도장을 헐려고 한 모양이다. 그때 내가 미국에서는 신부님들이 15살 또래의 청소년들을 위해 무도회를 연다고 하자 신부님은 무척 놀라워했다.

여유로운 하루 _ 8. 11. 화

오늘은 특별한 일정 없이 쟈니의 집에 머물렀다. 오후에 본당 회관을 방문해 마을 사람들과 이야기를 나누었다. 안드레아 신부님은 SAM에 큰 관심을 가진 한 젊은 보좌 신부와 오랫동안 개인적인 대화를 나누었다. 그동안 나는 쟈니와 함께 다른 방에서 그 신부님의 그림책을 감상했다.

해거름에 쟈니의 집으로 갔더니 쟈니 어머니가 하루 종일 시냇물에 담가 놓았다는 차가운 수박을 내놓았다. 맛이 아주 훌륭했다. 마을 전체에 텔레비전 수상기가 두 대밖에 없을 정도로 이탈리아는 가난했는데, 남쪽으로 내려갈수록 가난의 정도는 더하다고 했다. 그래도 한 가지 분명한 사실은, 비록 손님 대접용이라 해도 그들의 식사는 벨기에의 우리 신학교 식사보다 훨씬 낫다는 것이다.

저녁 식사 후 다시 본당 회관으로 갔다. 그곳에서 청년들과 SAM에 관한 이야기를 밤늦게까지 나누고, 함께 노래를 부르기도 했다.

아침을 먹고 떠날 준비를 했다. 쟈니의 어머니는 나의 바지를 빨고 다림질까지 해 주었다. 솜씨가 너무나 훌륭했다. 쟈니의 어머니는 우리 집에 편지하겠다며 주소를 물었다. 쟈니의 아버지는 베니스에서 돌아오는 길에 또 들르기를 바란다고 했다.

우리의 오토바이는 다시 달렸다. 날씨는 맑고 따뜻했다. 지나는 길에 50명도 더 될 것 같은 여인들이 강가에 무리지어 앉아서는 빨래하는 모습을 보았다. 강둑의 잔디밭에는 널어놓은 빨래가 마르고 있었다.

점심을 먹기 위해 산속에 있는 어느 신학교에 들어갔다. 안드레아 신부님과 미리 약속이 되어 있던 곳이다. 그 때문에 아주 훌륭한 점심을 대접받았다. 점심 식사 후 안드레아 신부님은 낮잠을 자고 일어난 신학생들을 대상으로 SAM에 대한 설명회를 가졌다. 신학생들은 착하고 씩씩하게 보였으나 약간 촐랑거리는 것이 조금 미숙한 듯했다.

15세 나이에 수단을 입고, 운동이나 육체적 노동은 전혀 하지 않고, 오직 직업적 성직 교육만 받고 있으니 세상 물정을 모른다는 것은 놀랄 일이 아니었다. 아무튼 신학생들은 SAM에 관한 안드레아 신부님의 설명에 관심을 보였다. 그리고 동행한 미국 신학생에 대한 그들의 평가도 재미있었다. 아무튼 미국인에 대한 이탈리아 사람들의 관심에 이제 익숙해질 정도가 되었다.

신학교에서 나와 잠시 달리는데 멋진 호수가 나왔다. 우리는 한적한 곳에 오토바이를 세우고, 큰 나무 뒤에서 수영복으로 갈아입은 뒤 호수에 뛰어들어 수영을 즐겼다. 너무나 시원했다.

다시 베니스를 향해 열심히 달렸다. 8시 30분, 베로나에 도착했다. 늦은 저녁을 먹고 피곤한 우리의 머리를 누일 장소를 찾아 나섰다. 프란치스코회 카푸친 수도원에 잠자리를 부탁했는데, 수사님들은 우리를 진심으로 환영해 주었다.

아름다운 도시 베니스를 거닐다 _ 8. 13. 목

베니스는 우리 여행의 클라이맥스가 될 것이다. 정말 그럴 가치가 있는 곳이었다. 베니스는 독특한 도시이기 때문에 짧은 글로 묘사하기는 불가능하다. 베니스에 관한 글은 한 권의 책이 필요할 정도다.

아무튼 북 이탈리아의 아름다운 도시이자, 온 세계 관광객들이 모여드는 이 매력적인 도시에서 우리는 2박 3일 동안 머물렀다. 베니스 입구에 도착한 것은 오후 4시였다. 사람들은 도시 입구에 자동차와 오토바이, 자전거를 두고 시내 안으로 들어갔다.

베니스에는 도로가 없었다. 도시에는 1천1 개의 운하와 대단히 좁고 꼬불꼬불한 보행길만 있을 뿐이었다. 그래서 우리는 여느 착한 순례자와 마찬가지로 오토바이를 도시 입구에 세워놓고 걸어서 시내 안으로 들어갔다.

도시는 사람들 무리로 발 디딜 틈이 없었다. 관광객과 관광객의 호주머니를 털어 생활하는 베니스 사람들로 복잡했다. 세계 여러 곳에서 관광객들이 몰려들었기 때문에 식당의 메뉴나 점포의 간판들은 대부분 4개 국어(이탈리아어, 프랑스어, 영어, 독일어)로 되어 있었다. 날씨는 불같이 뜨거웠고, 우리의 첫 번째 일은 숙소를 정하는 것이었다.

베로나의 프란치스코 수도원에서 후한 대접을 받은 기억이 생생했기 때문에, 오락과 못된 짓들이 난무하는 이 관광도시 안에 숨어 있을 착한 수사님들의 거룩한 장소를 찾아내기로 작정했다. 반시간의 노력 끝에 우리는 프란치스코 수도원 응접실에 앉아 있을 수 있었다. 하지만 수사님들의 말이, 골방까지 관광객들이 차지하고 있어 빈방이 없다며 점잖게 우리의 청을 거절했다. 도시 전체가 관광객으로 가득하니 그럴 만도 했다.

우리는 다시 시내로 나갔고, 여기저기 알아보다가 어떤 화가의 아파트 방 하나를 빌렸다. 침대가 하나뿐인 방인데도 50센트의 방세를 요구했다. 다행히 방바닥에 침대 역할을 하는 여분의 매트리스가 있어 그럭저럭 지낼 수는 있을 것 같았다. 게다가 방 안에 욕실도 딸려 있었다. 그러나 벽에 걸려 있는 수많은 그림들을 강제로 감상해야 했다. 개인적으로 내 마음에 드는 그림들이었지만 잘 팔리지는 않을 것 같았다.

짐을 풀고 간단히 저녁을 먹은 뒤 도시 구경에 나섰다. 시가지는 말 그대로 참으로 아름다웠다. 우리는 지극히 낭만적이라 할 수 있는 베니스를 거닐었다. 채색된 등불을 달고 사랑하는 연인을 태운 곤돌라들이 어두운 운하를 따라 노 저어 가고 있었다. 야외 식당에서는 오케스트라가 연주를 하고, 사람들은 세상에서 가장 화려하고 가장 값비싼 상품이 진열된 쇼윈도 앞을 지나고 있었다.

자정쯤에 잠자리에 들었다. 나는 곧바로 이불 속으로 들어갔지만 안드레아 신부님은 성무일도를 바치고 자겠다고 했다. 12시가 넘었지만 방 안은 결코 조용하지 않았다. 창문 바로 아래쪽에 있는 두 곳의 카페가 계속 장사를 했기 때문에 너무나 시끄러웠던 것이다. 그렇지만 나는 안드레아 신부님이 성무일도를 마치기도 전에 잠들고 말았다. 다음날 아침, 안드레아 신부님의 이야기를 들어보니 새벽 5시가 되어서야 카페가 문을 닫고 조용해지더라고 했다.

베니스를 걷다 _ 8. 14. 금

미사와 아침 식사 후 시내 관광에 나섰다. 곤돌라를 타고 운하를 따라가 보았다. 도시는 옛 궁전 건물의 연속이었다. 한때 유럽의 보물창고라고 불리던 베니스답게 도시 곳곳에 아름다운 성당과 조각상, 기념비들이 즐비했다.

점심 식사를 하면서 바가지를 썼지만 안드레아 신부님은 걱정하지 말라고 했다. 우리의 여행 경비를 지원하는 자신의 아버지는 이정도로 파산하지는 않는다고 했다.

안드레아 신부님이 공원 벤치에서 낮잠을 자는 동안 노점에서 산 타임지를 읽었다. 얼마 뒤 우리는 급행 보트(베니스에서는 배가 시내버스 역할을 하는데 대단히 편리하다)를 타고 성당과 중요한 장소를 구경했다.

저녁을 먹고 한 궁전의 넓은 안뜰에서 열리는 교향곡 연주회에 갔다. 그런데 너무 졸음이 와서 제대로 감상할 수가 없었다. 대신 우리 뒤에 앉아 계속 재잘거리는 두 영국 처녀들의 대화를 듣는 것이 더 재미가 있었다.

오늘도 12시쯤에 잠자리에 들었다. 그러나 여전히 아래층 카페에서 들려오는 소음 때문에 마치 길거리에 누워 있는 듯했다. 그렇지만 우리는 푹 잘 잤다. 하루 종일 도시 구경을 다니느라 피곤했기 때문이다. 우리의 여행은 막바지를 달리고 있었다.

스위스로 들어가다 _ 8. 15. 토

오늘은 몽소승천 대축일이다. 모든 상가가 문을 닫고 모두가 즐기는 큰 축일이다. 도로는 오토바이와 자전거로 만원이었다. 오토바이와 자전거에 타고 있는 사람들의 수를 보고 크게 놀랐다. 어떤 자전거에는 아버지가 세 명의 아이를 태우고 달렸다. 안드레아 신부님은 어떤 아버지가 작은 스쿠터에 부인과 두 명의 아이를 태우고 가는 것도 보았다고 했다.

비가 약간 내렸지만 오래가지 않았다. 오후에 한 시간 반을 달려 스위스 국경에 도착했다. 스위스는 3개의 언어 지역으로 나누어져 있다. 이탈리아어, 독일어, 그리고 프랑스어 지역이다. 오후 내내 이탈리아어 지역을 달렸다.

5시경 산기슭의 아름다운 호수에서 수영을 했다. 스위스는 눈으로 직접 본 지역 중에서 가장 아름다운 곳이었다. 아름다운 산과 강, 호수 그리고 초록빛 언덕의 연속이었다. 스위스 역시 관광산업이 번창한 나라로, 경제적인 측면에서 따지면 유럽의 부자 나라 가운데 하나다. 온 나라가 깨끗하고 깔끔했다. 집집마다 꽃을 예쁘게 가꿔 놓은 정원이 있었다.

저녁 8시, 어느 작은 마을에 도착했다. 우리는 곧바로 본당 신부님을 찾아가 우리를 자신의 외양간에서 재워 줄 만한 신자를 소개해 달라고 부탁했다. 우리의 신분을 의심한 본당 신부님은 당장 돌아가라고 했다. 기분이 상한 우리는 별다른 이야기도 하지 않고 돌아 나왔다. 그리고 동네를 어슬렁거리다가 외양간의 건초더미에서 자도록 허락해 준 마음씨 좋은 집주인을 만났다.

잠자기 전에 마을 광장 한가운데 있는 분수대에서 빨래를 했다. 물은 얼음보다 차가웠다. 철분이 많이 함유된 물인지 비누 거품이 잘 나지 않았다. 다음날 아침 햇살에 비춰 보니 때가 하나도 빠지지 않고 그대로 있었다. 그래도 비누칠을 해서 그런지 냄새만큼은 새로 빤 옷 같았다. 잠은 잘 잤지만 아침에 일어나 보니 잠옷과 침낭 안에 건초가 잔뜩 들어 있었다.

빗속을 달려 제네바로 _ 8. 16. 일

본당 미사가 9시 30분에 있었다. 밀라노 양식의 미사였다. 본당 신부님의 미사가 끝난 뒤 안드레아 신부님이 라틴 양식의 미사를 드렸다. 본당 신부님은 자신의 밀라노 양식 제대에서 드리는 라틴 양식의 미사를 기분 좋게 여기지 않는 듯했다. 무슨 양식이든 가톨릭 미사인 만큼 그 차이점은 별 의미가 없다. 다행히 안드레아 신부님은 본당 신부님을 잘 설득했고 큰 문제없이 지나갔다.

아주 작은 식당에서 커피를 한 잔 마셨다. 식당에 있던 작은 강아지가 재롱을 많이 부렸는데 내가 갖고 있던 손수건에 구멍 두 개를 냈다. 또 두 명의 스위스 군인들과 장난질하며 군복을 물어뜯으려고 했지만 성공하지 못했다.

커피를 마시고 있을 때부터 비가 내리기 시작했는데, 그래도 우리는 산악도로를 달렸다. 어떤 산은 높이가 3천2백18 미터가 넘었다. 산길은 마치 원형 계단 같이 돌고 돌면서 위로 올라갔다. 빗속인데도 산의 경치는 기막히게 아름다웠다. 비는 우리가 달리는 동안 내내 내렸다.

그때였다. 막 모퉁이를 도는데 반대쪽에서 내려오던 오토바이가 빗길에 넘어졌다. 털고 일어서서 다시 오토바이를 타고 가는 것을 보니 크게 다치지는 않은 모양이었다. 하지만 그 모습을 본 뒤부터 안드레아 신부님은 조금 조심스럽게 운전했다.

12시 30분쯤 길가의 작은 식당에 들어갔다. 옷은 비에 젖었고, 날씨는 추웠다. 그리고 배는 너무 고팠다. 점심을 먹었는데 무척 비쌌다. 스위스에서는 모든 것이 비쌌다. 밥을 먹고 있는데 엄청나게 크고 지저분한 개 한 마리가 내 발등을 깔고 앉아 움직이려 하지 않았다. 밥을 먹고 일어서자 개의 몸무게에 짓눌렸던 발은 아무 감각이 없었다.

비는 계속 내렸다. 오후 5시쯤 길가의 카페에 들러 커피 한 잔을 마시고 6시까지 카드놀이를 했다. 스위스의 카페에서는 손님이 원하면 카드를 내주었고, 하루 종일 앉아 있어도 괜찮았다. 마침내 비가 그쳤다.

9시쯤 제네바에 도착한 우리는 안드레아 신부님의 친구가 운영하는 청소년 기숙학교를 찾아갔다. 안드레아 신부님의 친구는 우리를 진심으로 환영했다. 기숙사 한 곳에 잠자리를 준비한 우리는 11시까지 여러 사람들과 이야기하며 시간을 보냈다. 그 중에는 교회법 학자라는 스코틀랜드에서 온 무뚝뚝한 교수도 있었다. 잠자리에 들기 전 유리창 너머 야경을 보니 호수와 어우러진 도시의 야경이 너무나 아름다웠다.

여행의 마지막 밤 _ 8. 17. 월

아침 일찍 국경을 넘어 프랑스로 들어왔다. 우리는 지금 프랑스 리용에 있다. 내일이면 안드레아 신부님과 헤어진다. 안드레아 신부님은 벨기에로 돌아가고, 나는 프랑스의 산골 본당으로 가기 위해 남프랑스로 떠날 것이다. 산골 성당에서 동네 사람들의 농사일도 돕고, 본당 일도 돕기로 신부님과 약속했기 때문이다.

이 마지막 부분의 여행기를 쓰는 지금 약간은 서운한 기분이 든다. 오토바이 여행에 너무나 정이 들었기 때문이다. 그렇지만 프랑스 산골 성당으로 봉사하러 간다고 생각하니 기쁘기도 했다

저녁 식사로 이곳의 명물 트라이프(소 내장 요리)를 먹었다. 맛이 좋았다. 잠은 청빈 생활을 하는 신부님들의 집에서 잤다. 건물은 너무나 낡아 연방이라도 무너질 것처럼 보였다. 그렇지만 사제들의 가난한 생활은 나를 무척이나 기쁘게 했다.

먼저 잠자리에 든 안드레아 신부님은 내가 전등불을 끄기를 기다리고 있다.

여름방학 무전여행

(1954년)

전 재산 25달러로 떠나는 여행 _ 8.5. 목

아침 10시에 (벨기에) 루뱅을 떠났다. 한 신부님이 자신의 오토바이로 루뱅 변두리까지 태워 주었다. 지나가는 차를 얻어 타기 위해 길을 따라 걸었다. 날씨는 맑고 햇살이 뜨겁게 내리쬐고 있었다. 늘 흐리고 비가 자주 내리는 벨기에의 날씨치고는 대단히 드문 일이었다.

아프리카에서 선교사로 있다는 한 신부님을 우연히 길에서 만났다. 그분과 함께 트럭을 얻어 타고 약 50킬로미터를 갔다. 이번에는 체크무늬 바지를 입고 히치하이킹을 하는 스코틀랜드 청년 두 명을 만났다. 그들과 함께 방향이 같은 차를 짧게 몇 번 얻어 탔다.

벨기에는 도시와 마을이 너무 많고 인구도 넘쳐나 무전여행을 하기에는 적당하지 않았다. 빵과 치즈를 사고 카페에서 음료수를 사서 점심 식사를 했다. 유럽에서는 먹을 것을 사서 카페에서 먹는 것이 가능하다. 내가 가진 여행 경비는 통틀어 25달러다. 내가 생각하는 여행을 모두 마치기 위해서는 하루에 1달러 이상을 쓸 수 없다. 주부의 경제 감각을 가지고 음식을 사 먹고, 잠자리를 위해서는 한 푼도 쓰지 않아야 가능한 셈법이었다.

하루 종일 차를 얻어 탔는데도 멀리 가지 못했다. 밤 9시가 넘어서야 룩셈부르크 국경 근처의 산속에 도착했다. 밤이 되자 칠흑같이 어두웠다. 11시가 넘었지만 잠잘 곳을 구하지 못해 소나무 숲을 찾았다. 푹신한 솔잎 위에 침낭을 펴고 들어갔다. 다음날 아침 완만한 산언덕을 뒤덮고 있는 소나무 숲으로 아침 해가 얼굴을 내미는 6시까지 아기처럼 잠을 잤다.

동화의 나라 스위스 _ 8. 6. 금

아침 일찍 지나는 차를 얻어 타고 룩셈부르크까지 갔다. 룩셈부르크는 인구 50만의 작은 도시국가다. 그런데 차에서 내리고 나서야 성경과 다른 몇 가지 물건들이 들어 있는 작은 가방을 자동차에 두고 내렸다는 사실을 깨달았다. 낭패가 아닐 수 없었다. 성경은 내것도 아니었다. 다행히 10분 뒤 내가 얻어 탔던 차가 되돌아왔다. 인상 좋은 운전사는 웃으면서 가방을 건네주었다.

성당을 찾아가 미사를 하고, 아침 식사를 했다. 그리고 오늘 하루의 일정을 시작하기 위해 도로에 들어섰다. 룩셈부르크에서 성조기를 사서 가방 옆구리에 꽂았다. 이것은 여행 중 최고의 투자가치를 입증했다.

잠시 뒤, 안트베르펜(벨기에 북부의 작은 도시)에 사는 사업가와 그의 부인이 탄 차를 얻어 탔다. 스위스로 휴가를 가는 길이라고 했다. 그들과 함께 하루 종일 프랑스 시골길을 달렸다. 지금은 프랑스 땅이 된 아버지의 고향 알사스 로렌도 지났다. 지나오면서 본 프랑스의 시골 마을은 낡고 지저분해 수세기 동안 내려온 가난의 흔적이 그대로 배어 있었다.

저녁 6시쯤 스위스 국경을 넘었다. 스위스에 들어서자 마치 딴 세상이 펼쳐진 것 같았다. 뭐랄까, 대문을 열고 동화의 나라에 들어선 듯했다. 온통 신선한 초록색이었다. 마을은 깨끗하고 집들은 모두 부유해 보였다. 지나는 사람들도 깨끗하고 세련된 모습이었다. 게다가 인상도 좋고 친절하기까지 했다. 넋을 잃을 정도였다.

바젤 시내로 들어서자 폭풍우가 불기 시작했다. 유스호스텔에서 30센트짜리 잠자리를 얻었다. 나와 비슷한 여행을 하고 있는 네덜란드 청년과 밤 12시까지 이야기를 나누었다. 누구나 그렇듯 그도 미국에 대해 궁금한 것이 무척 많았다. 그는 로테르담의 집 주소를 적어 주면서 네덜란드에 오면 꼭 놀러 오라고 했다. 잠자리에 들자 폭풍우가 더 강해졌는지 바람과 빗소리가 더 요란했다.

7시 미사에 갔다. 미사를 마치고 돌아오니 네덜란드 친구가 일어나 있었다. 방 값을 지불할 스위스 돈을 환전하기 위해 함께 은행에 갔다. 돌아오는 길에 신선한 우유와 갓 구워낸 빵을 샀다. 마침 네덜란드 친구의 가방 안에 잼과 버터가 있어 맛있는 아침 식사를 할 수 있었다.

짐을 챙겨 길을 나섰다. 차 타는 순서를 정하기 위해 동전을 던져 결정했다. 네덜란드 친구가 먼저 타기로 했다. 네덜란드 친구가 떠나고 20분 뒤, 스위스 실업가의 최신형 시보레를 얻어 타고 루체른까지 97킬로미터를 달릴 수 있었다. 산과 강, 아름다운 푸른 목장, 그림 같은 농가들, 스위스는 지금까지 본 나라 중 가장 아름다웠다.

낮 12시쯤 루체른에 도착했다. 산기슭에 펼쳐진 호반의 휴양 도시였다. 도시에는 미국과 영국에서 온 관광객으로 가득했다. 시내를 어슬렁거리다가 나보다 먼저 도착한 네덜란드 친구를 또 만났다. 우리는 도시 외곽까지 함께 걸었다. 그리고 다시 동전을 던져 차례를 정했다. 이번에도 그가 이겼다. 수많은 관광객들과 그들이 타고 온 갖가지 자동차를 구경하는 재미가 쏠쏠했다. 자동차의 크기와 모양, 색깔이 가지각색이었다. 자동차 번호판도 마찬가지였다.

30분 만에 스위스 사람의 차를 얻어 탈 수 있었다. 산과 호수를 지나고 오르막길을 돌고 돌아 유명한 성 고타르 고개(Saint Gotthard Pass:스위스 남부 레폰틴 알프스 산맥에 있는 산악고개)에 올랐다. 고갯길 옆에는 눈이 쌓여 있었다. 잠시 뒤 알프스 산맥의 반대쪽 내리막길을 내려가 이탈리아어를 쓰는 지역에 도착했다.

저녁 6시경 가톨릭 대학에 잠자리를 구하고, 저녁 식사와 다음날 아침 식사 대접까지 받았다.

진짜 신학생이 맞소? _ 8. 8. 일

미사를 마치고 전통적인 이탈리아식 아침 식사인 빵과 커피, 우유를 먹은 뒤 길을 나섰다. 영국인 부부가 탄 자동차를 얻어 타고 이탈리아의 밀라노까지 갔다. 런던에서 온 이들 부부는 무척 유쾌하고 좋은 분들이었다. 우리는 함께 북이탈리아의 롬바르디 대평원을 달렸다.

오후 늦게 밀라노에 도착했다. 나는 오랫동안 밀라노 대성당을 구경했다. 그리고 서툰 이탈리아어로 구속자 수도회 원장 신부님에게 내가 진짜 신학생이라는 사실을 간신히 설득한 끝에 후한 환대를 받았다. 이탈리아에서는 모든 신학생들이 수단을 입고 있기 때문에 내가 신학생이라는 사실을 설득하기가 쉽지 않았다.

원장 신부님은 따뜻하고 훌륭한 식사 대접(맛있는 스파게티)에 좋은 방까지 내어 주었다. 저녁 식사 후 수도원에 머물고 있는 6~7명의 이탈리아 청년들과 도시 구경을 나갔다. 그들은 이탈리아 여성의 아름다움에 대해 계속 말을 했지만, 신학생이라는 특별한 부류에 속한 내가 그들의 대화에 별 관심이 없는 것을 알고는 실망하는 눈치였다. 그렇지만 순수하고 좋은 청년들이었으며 무엇보다 미국인을 정말 좋아했다.

로마로 가는 길 _ 8. 9. 월

미사를 하고 아침을 먹은 뒤 원장 신부님께 고맙다는 인사를 하고 로마로 가는 길을 찾기 위해 시내로 들어갔다. 길에서 나처럼 히치하이킹 하는 독일 청년들을 만났다. 대부분의 독일인들은 영어를 할 줄 안다. 몇 마디 인사말을 나누고 갈림길에서 헤어졌다.

잠시 뒤 지나는 차를 얻어 탈 수 있었다. 하지만 로마 쪽으로 가는 차도 아닌데다 방향이 같지 않아 얻어 타고 갈 수 있는 거리가 길지 않았다. 그래도 운전사는 가는 길만큼이라도 타고 가라며 친절을 베풀었다.

그런데 얼마 가지 않아 차는 더 이상 갈 수 없었다. 차들이 길게 줄을 서 있었기 때문이다. 알고 보니 도로변의 채석장에서 다이너 마이트를 터뜨리다가 잘못해 길가로 큰 돌들이 떨어진 모양이었다. 많은 사람들이 차에서 내려 길이 뚫리기를 기다렸는데, 그러다가 나는 운 좋게 로마로 가는 차를 얻어 탈 수 있었다.

빨간색 대형 버스의 운전사가 얼른 오라는 손짓을 했다. 4백80 킬로미터나 되는 로마까지 논스톱으로 간다는 말에 너무나 기뻤다. 운전사는 시내를 빠져 나가기 전에 내게 점심을 사 주겠다고 했다. 너무 신세를 지는 것 같아 완곡하게 거절했는데, 아저씨는 점심을 거절하려면 버스에서도 내리라고 했다. 이탈리아 사람들은 남을 환대하는 데 기막힌 감각을 가지고 있었다.

로마로 가는 도중 운전사 아저씨는 4명의 여행자들을 더 태웠다. 3명의 이탈리아 여행자와 1명의 폴란드 여행자였다. 우리는 서로 웃으며 그날의 행운을 만끽하는 행복한 여행자들이 되었다. 버스에서 흘러나오는 음악도 좋았고, 창밖으로 펼쳐지는 지중해의 아름다운 경치도 더없이 좋았다.

9시 30분쯤 되었을까? 로마를 알리는 도로 표지판이 보이기 시작했다. 그리고 잠시 뒤 우리는 로마에 도착했다. 운전사는 나를 사치스러워 보일 정도로 좋은 미국 신학원(성직자나 신학생이 생활하는 기숙사) 건물 앞에 내려 주었다. 3백만 달러나 들여 새로 지은 신학원은 3백 명이 동시에 묵을 수 있을 정도로 규모가 엄청나고 시설도 화려했다. 나는 잠자리를 얻는 데 아무 어려움이 없을 것이라고 생각했다.

그런데 대단한 착각이었다. 나는 신학원 안에 들어갈 수조차 없었다. 이탈리아인 수위가 절대 못 들어간다고 했기 때문이다. 수위 아저씨의 완고함은 이루 말로 표현할 수가 없었다. 다행히 한 미국인 신학생을 만나 그가 수위를 설득해 겨우 안으로 들어가 잠자리를 얻을 수 있었다.

신학원에서 쫓겨나다 _ 8. 10. 화

미사 참례를 위해 베드로 대성당에 갔다. 성당은 무척이나 장엄했다. 미사를 마치고 11시에 신학원으로 돌아와 1층 응접실에서 로마 관광 안내서를 보고 있었다. 그때 문이 활짝 열리더니 가슴에 십자가를 달고 있는 주교님이 들어왔다. 살이 찌고 덩치가 큰 주교님이었는데, 통통한 양 볼에서 끊임없이 땀방울이 흘러내리고 있었다. 나중에 알고 보니 신학원 원장 주교님이었다.

주교님은 대뜸 "당신 누구요?"라고 물었다. 나는 숨을 깊이 들이마신 뒤 내 신분을 설명하기 시작했다. 그런데 주교님은 내 말이 채 끝나기도 전에 자신이 운영하는 신학원은 호텔이 아니라고 했다. 침실이 3백 개나 되고, 또 많은 침실이 비어 있는 상황에서 기껏해야 이틀 밤만 묵자는 것이 그렇게 지나친 요구일까, 하는 생각이 들었지만 주교님의 태도를 보니 더 이상 간청하고 싶은 마음이 들지 않아 모자 끝에 손을 갖다 대며 인사 표시를 하고는 신학원을 나왔다.

신학원에서 멀리 떨어지지 않는 작은 식당에서 스파게티와 포도주 반병으로 점심 식사를 한 다음 잠자리를 구하러 나섰다. 유스호스텔에 갔으나 분위기가 좋지 않아 곧바로 돌아 나왔다. 불량스러워 보이는 젊은이들로 들끓었기 때문이다.

그러다가 작은 성당 옆의 한 사제관이 보였다. 순간적으로 한번 청해 보자는 생각이 들었다. 신부님은 내가 진짜 신학생이라는 사실을 확인하자 열렬히 환영했다. 방은 물론이고 이부자리와 음식도 충분히 제공해 주겠다고 했다. 게다가 로마 시내도 안내해 주겠다고 했다.

교황님을 알현하다 _ 8. 11. 수

가이드 역을 자청한 본당 신부님과 시내 관광을 나섰다. 먼저 교황님(비오 12세) 알현을 위한 표부터 구했다. 여름휴가 기간이라 교황

님은 로마에서 24킬로미터 떨어진 카스텔 간돌포의 여름 별장에
머물고 있었다. 시내 구경을 하다가 5시에 카스텔 간돌포로 가는
버스를 탔다. 교황님 별장의 창문 밖 뜰에는 발 디딜 틈 없이 사람
들이 들어차 있어 서로 어깨가 부딪힐 정도였다. 사람들은 교황님
을 직접 뵙는다는 기대감에 모두들 들떠 있는 것 같았다.

6시 30분, 교황 성하께서 발코니에 나타나자 사람들의 환호 소리
가 문자 그대로 폭발했다. 박수 소리와 "교황님 만세!"라는 합창으
로 안뜰이 진동했다. 교황님이 서 계신 발코니는 내가 선 자리에서
겨우 12미터밖에 떨어져 있지 않았다. 그곳에서 다정하게 웃으시며
우아하게 손을 흔들고 계셨다. 내 일생 중 가장 큰 감동을 느끼는
순간이었다.

교황님은 약 30분 동안 말씀하셨는데, 이탈리아어와 불어, 영어
로 말씀하셨다. 연설이 끝날 때마다 사람들은 박수를 쳤고, 교황님
은 다정하고 자애로운 미소를 보이셨다. 연설 도중 한 아이가 "교
황님 만세!"라고 외치자, 사람들과 함께 교황님도 웃으셨다. 끝으
로 교황님은 사람들에게 강복을 주셨고, 사람들은 다시 한 번 귀가
먹먹할 정도로 큰 소리로 환호하며 박수를 쳤다.

당장 내리시오 _ 8. 12. 목

성 요한 대성당을 구경한 다음 나폴리로 가는 길로 가기 위해 시내 전차를 타고 도시 밖으로 나갔다. 길에 나선 지 5분도 되지 않아 나폴리에서 32킬로미터 떨어진 해변으로 간다는 이탈리아 생물학 교수의 차를 얻어 탔다. 지금까지는 무척 운이 좋았는데, 이 운이 언제까지 이어질지 궁금하다.

생물학 교수와 점심 식사를 함께 했다. 스파게티와 백포도주, 여기에다 맛있는 이탈리아 빵과 과일도 먹었다. 점심을 먹고 우리는 다시 나폴리 쪽으로 향했다. 그러다가 한 여행자를 태웠는데, 그 젊은이가 독일인이라는 사실을 알자 생물학 교수는 당장 내리라고 했다. 나는 마음이 아팠다. 고속도로 한가운데서 그를 내리게 했기 때문이다. 그러나 생물학 교수는 2차 대전 중 독일이 이탈리아를 파괴한 사실을 쉽사리 잊을 수도, 용서할 수도 없다고 했다.

생물학 교수는 나폴리로 향하는 톨게이트 앞에서 나를 내려주고 갔다. 톨게이트에서 일하는 어떤 뚱뚱한 아저씨에게 사정 이야기를 했더니 특유의 이탈리아식 호의를 보이며 지나가는 차들을 세워 일일이 행선지를 물어봐 주었다. 가끔 대답도 않고 지나가는 차가 있으면 고래고래 욕을 하기도 했다. 그러다가 트럭 한 대를 잡아 주었다. 운전사는 짐칸에 타고 가도 좋다고 했다. 어떻게 해서든지 나를 차에 태워 보내려는 그 아저씨의 친절은 우습기도 하고 고맙기도 했다.

나폴리에 도착한 뒤 몇 군데를 노크한 끝에 가톨릭에서 운영하는 기숙사인지 고아원인지 하는 곳에서 잠잘 방을 얻고 저녁 식사까지 대접받았다.

가난한 나라 이탈리아 _ 8. 13. 금

트럭을 얻어 타고 살레르노까지 갔다. 트럭에는 시칠리아까지 가는 노르웨이 여행자가 타고 있었는데 영어를 아주 잘했다. 그 트럭은 동쪽으로 간다고 했다. 방향이 같지 않아 살레르노에서 내려 다시 남쪽으로 내려가는 차를 찾았다. 뜨거운 태양 아래서 한 시간을 기다렸지만 적당한 차가 지나가지 않았다. 그러다가 노래하며 운전하는 트럭 운전사의 차를 얻어 탈 수 있었다.

눈에 보이는 하천은 모두 말라 있었다. 뜨거운 태양 광선이 땅을 태워 버리기라도 할 것처럼 쏟아지고 있었다. 4개월 동안 비가 한 방울도 내리지 않았다고 한다. 눈부신 하늘에는 구름 한 점 없었다.

시골 사람들은 말할 수 없이 가난했다. 모두 맨발에 누더기 옷을 걸치고 있다.

인적이 드문 산간 마을에 나를 내려주고 트럭은 자기 갈 길을 갔다. 얼마 안 있어 가난한 시골 사람들이 나를 에워쌌다. 그러고는 신발과 셔츠를 달라고 했다. 그들은 내 가방을 탐욕스러운 눈으로 쳐다보기도 했다. 그들을 돕고 싶었지만 내게는 가진 것이 아무것도 없었다.

사람들을 피해 산속으로 들어갔다. 빵과 치즈, 그리고 복숭아 하나로 저녁을 해결하고 침낭 속에 들어가 구름 한 점 없는 밤하늘을 보면서 잠을 잤다.

가난한 여행자의 호화로운 점심 _ 8. 14. 토

지나가는 당나귀 소리에 잠을 깼다. 3시 15분이었다. 해가 너무 뜨거워지기 전에 일하기 위해 사람들이 들판으로 가고 있었다. 고치에서 빠져 나오는 누에처럼 침낭에서 나와 근처 개울에서 세수를 했다. 잠시 뒤 악마 같은 태양이 산 위로 솟아올랐다. 가방 안에는 먹을 것이 아무것도 없었다. 배가 무척 고팠다.

산길을 걷다가 작은 오두막을 발견했다. 오두막 옆에 한 부인이

서 있었다. 먹을 것을 좀 줄 수 있는지 물었더니 검은 빵과 금방 딴 토마토를 주었다. 돈을 주려고 하니 비참할 정도로 가난해 보였는데도 끝까지 거절했다.

도로로 나와 걷다가 휴가 가는 젊은 이탈리아 부부의 차를 얻어 타고 97킬로미터를 달렸다. 그들은 어느 작은 도시에서 물건을 사려고 차를 세웠고, 나도 그 차에서 내렸다.

그리고 몇 분 뒤, 로마에서 오는 길이라는 미국 국무성 직원의 대형 시보레를 얻어 탔다. 그와 함께 오전 내내 유쾌한 대화를 나누며 달렸는데, 우리가 이동한 거리는 거의 2백 킬로미터가 넘었다. 그는 정말 좋은 사람이었다.

점심 무렵, 코센차(이탈리아 남부 칼라브리아 지방 코센차 주의 주도)에 도착했다. 그는 최고급 호텔 앞에 차를 세운 뒤 5천 리라(약 8달러)를 주면서 호텔 식당에서 맛있는 점심을 먹고, 남은 돈으로 다음 목적지까지 버스를 타고 가라고 했다. 그리고 가방 안에 사탕과 쿠키도 잔뜩 집어넣어 주었다. 그러고는 마치 미국의 대부호 록펠러의 아들 같은 표정을 짓고는 떠나갔다.

호텔에 들어갔다. 화장실에서 얼굴을 깨끗이 씻은 다음 식당으로 갔다. 식당 지배인을 불러 이 지방의 특별 요리를 주문했다. 얼마 후 내가 일찍이 먹어 본 음식 중에서 최고라 할 수 있는 요리가 나왔다. 백포도주를 마시며 맛있는 요리를 먹고 있는데, 아침에 나를 태워 준 젊은 이탈리아 부부가 식당에 들어섰다. 나는 그들에게 미소를 짓고 인사를 했다. 그런데 그들은 나를 보더니 몹시 놀라며 도무지 이해할 수 없다는 표정을 지었다. 아마 그들 생각에 미국인은 남의 차를 얻어 타면서도 식사는 고급으로 하는구나, 하고 생각했을 것이다. 하하하!

결코 잊을 수 없는 점심을 먹은 뒤 식탁에 후한 팁을 남기고는(비록 속은 쓰렸지만) 적어도 두 시간 정도 멋진 생활을 했다는 기분으로 배낭을 메고 호텔을 나왔다.

이탈리아식 친절 _ 8. 15. 일

길가에 서 있는데 오늘 따라 차가 많이 보이지 않았다. 한 이탈리아 소년이 말을 걸어왔다. 그래서 시칠리아까지 가는 차를 얻어 타고 싶다고 했더니 걱정하지 말라고 하면서 주먹을 불끈 쥐어 보였다.

잠시 뒤 트럭 한 대가 덜거덕거리며 오고 있었다. 소년은 갑자기 길 한복판으로 뛰어들어 트럭을 가로막았다. 놀란 트럭 운전사는 끼-익 소리를 내며 차를 세웠다. 소년은 한동안 운전사와 이야기를 나누더니 나를 보고 빨리 오라고 소리를 쳤다. 그렇게 해서 시칠리아까지 가는 차를 얻어 타게 되었다. 웃음이 났다. 이탈리아 사람들은 도저히 당해낼 수가 없을 것 같다.

저녁 7시경 시칠리아 해협에 도착했다. 우리가 탄 트럭은 그대로 배 안으로 들어갔고, 잠시 뒤 우리를 시칠리아 섬에 내려 주었다. 한 수도원에 잠자리를 부탁했더니 흔쾌히 허락해 주었다. 다음날 아침까지 마치 아기와 같이 푹 잤다.

시칠리아 여행을 포기하다 _ 8. 16. 월

아침에 일어나니 목과 배가 몹시 아팠다. 컨디션도 좋지 않았다. 시칠리아를 구경하려던 원래의 계획을 접고 되돌아가는 것이 좋겠다는 생각이 들었다.

10시에 시칠리아 해협을 건너는 페리를 탔다. 페리 안에서 북쪽으로 가는 자동차를 찾아 편승을 부탁했다. 운 좋게도 두 청년이 타고 있는 차를 얻어 탈 수 있었다. 차는 꾸불꾸불하고 돌 많은 산악 도로를 따라 북쪽으로 올라갔다.

운전을 하던 청년은 예전에 자동차 회사에서 시험 운전을 했다고 한다. 그래서인지 운전이 여간 거칠지 않았다. 커브가 많은 산악 도로를 시속 70내지 80킬로미터로 달렸다. 어떤 때는 90킬로미터가 넘을 때도 있었다. 덕분에 차는 아주 심하게 흔들렸고, 모퉁이에서 다른 차가 튀어 나오면 어떡할까 하는 생각에 가슴이 조마조마했다. 이런 내 마음을 알기라도 하듯, 두 청년은 계속 뒤를 돌아보며 괜찮은지 물어왔다. 나는 걱정하지 말라고 했다. 약간 겁이 난 것은 사실이지만 지나는 차가 거의 없었기 때문에 크게 위험할 것 같지는 않았고, 빠른 속도로 커브 길을 도는 것도 나름대로 재미있었다.

조수석에 앉아 있던 청년은 색소폰을 연주한다고 했는데, 가는 내내 음악에 대해 이야기했다. 그러고는 자신의 주소를 적어 주면서 근처를 지날 일이 있으면 꼭 들르라고 했다. 두 청년은 내게 점심으로 비프 스테이크를 대접했다. 그리고 오후 4시쯤 그들의 차에서 내렸다.

컨디션은 더욱 나빠져 있었다. 몸에 큰 병이 난 것이 틀림없었다. 며칠간 쉬기로 작정하고 묵을 곳을 찾아 보았는데, 정말 운 좋게도 병원을 겸하고 있는 수도원을 발견했다. 수도원장에게 미국인 신학생임을 말하고 며칠간 쉬게 해 달라고 부탁했더니 기분 좋게 허락했다.

드디어 병이 나다 _ 8. 17. 화

자고 일어나니 몸이 더 안 좋았다. 페니실린 주사를 맞고 하루 종일 침대에 누워 있다가 저녁에 또 한 대 맞았다. 나중에 들은 이야기지만, 이탈리아 남쪽을 여행하는 외국인들은 먼지와 균이 많은 음식 때문에 거의 대부분 병에 걸린다고 한다.

그림처럼 아름다운 사람들 _ 8. 18. 수

오늘은 약간 차도가 있어 페니실린 주사를 두 대 더 맞고 시가지를 산책했다. 길가 카페에 앉아 오렌지 주스를 마시며 지나는 사람들을 살펴보았다. 맨발의 농촌 부인들이 머리에 커다란 물 항아리나 땔감을 이고 멋지게 균형을 유지한 채 걸어가고 있었다. 검은 윗옷과 발목까지 오는 새빨간 치마를 입은 부인들의 모습이 마치 그림에 나오는 인물같이 아름다웠다.

털고 일어나다 _ 8. 19. 목

자고 일어나니 기분이 아주 상쾌했다. 살 것 같았다. 시내 구경을 하고, 수사님들과 이야기하며 한가롭게 하루를 더 지냈다. 수사님들은 나를 프란체스코파 수사로 만들려고 대단히 노력했는데, 그 모습이 무척 코믹스러웠다. 아무튼 마음에 드는 좋은 분들이었고, 식사도 세심하게 신경을 써 주었다.

아드리아 해안을 달리다 _ 8. 20. 금

페니실린 값으로 2달러를 지불했다. 그리고 모두에게 감사의 인사를 전하고 수도원을 떠났다.

　반 시간 만에 어느 트럭을 얻어 탈 수 있었다. 그리고 아드리아 해안선을 따라 4백 킬로미터를 달려 바리에 도착했다. 좋은 날씨에 무척 좋은 드라이브였다. 다시 좋은 컨디션으로 여행을 계속하니 여간 기분 좋지 않았다. 바리에서도 프란치스코 수도원에 잠자리를 구했다.

해변에서의 하룻밤 _ 8. 21. 토

오전 내내 10세기에 지은 두 개의 고대 로마 양식 성당을 구경했다. 오후에는 다시 길에 나가 차를 잡았는데 날씨가 불길 속같이 뜨거웠다. 트럭과 승용차를 얻어 타고 약 80킬로미터를 이동했다. 지독하게 더운 날씨에다 도로에서 아드리아 해변이 겨우 1백 미터도 되지 않는 바람에 끊임없이 해수욕의 유혹에 시달려야 했다.

결국 더 이상의 이동을 포기하고 하루 쉬기로 작정하고 바다에 뛰어들었다. 오후 내내 수영을 하고, 지치면 바닷가에 누워 더위를 식혔다. 밤에는 파도 소리를 음악 삼고 밤하늘의 별을 보면서 해변에서 잤다.

기차역에서 밤을 새우다 _ 8. 22. 일

5시에 일어나서 세수를 하고 짐을 챙겨 약 2킬로미터를 걸어가 미사 참례를 했다. 12세기에 지었다는 아름다운 로마 양식의 성당이었다. 미사를 마치고 다시 고속도로로 나섰다.

처음 만난 승용차를 향해 엄지손가락을 들어 신호를 보냈더니 멈춰 섰다. 이탈리아 중부 플로렌스(이탈리아식 지명은 피렌체)까지 가는 차였다. 운이 참 좋았다. 운전사는 젊은 사람이었는데 무척이나 친절한 엔지니어였다.

아드리아 해안에서 이탈리아 중부를 가로질러 나폴리까지 간 다음 다시 로마까지 갔다. 운전사는 로마에서 두 시간 정도 볼일이 있는데, 그 뒤에 다시 만나 함께 타고 가자고 했다.

따끈한 스파게티 한 그릇과 포도주로 식사를 했다. 성모 마리아 대성당도 구경했다. 6시에 다시 운전사를 만났다. 우리는 함께 플로렌스로 달렸다. 도로가 그렇게 좋지 않아 플로렌스에 도착했을 때는 도시의 탑시계가 새벽 2시를 가리키고 있었다.

너무 늦어 잠자리를 구할 수 없어 기차역에서 밤을 새기로 했다. 미처 숙소를 구하지 못한 것으로 보이는 몇몇 여행자들이 대합실 한쪽에서 침낭을 깔고 자고 있었다.

플로렌스에서의 하루 _ 8. 23. 월

기차역에서 만난 독일 여행자가 숙박 시설을 운영하는 수도원 주소를 알려 주었다. 아침 7시에 수도원의 문을 두드렸다. 잠시 뒤, 나는 부드러운 침대에 누워 12시까지 달콤한 잠을 잤다.

깨어나니 몸이 가벼운 것이 피로가 완전히 풀린 것 같았다. 점심을 간단히 먹고 예술성 짙은 도시의 보물들을 구경하기 위해 수도원을 나섰다.

미사를 하고 아침을 먹은 뒤, 다시 길가에 나서서 겸손한 '히치하이커' 업(業)을 시작했다. 마침 멋진 승용차가 한 대 지나가길래 엄지를 치켜들었더니 앞에 와서 섰다. 그런데 이게 웬일인가! 시칠리아 섬에서 만났던 2명의 네덜란드 여행자가 타고 있었다. 너무나 반가웠다. 하지만 그 차에 내가 탈 자리는 없었다. 아쉽게도 우리는 만나자마자 다시 작별 인사를 할 수밖에 없었다.

잠시 뒤 친절한 독일인 부부의 차를 얻어 타고 볼로냐까지 갔다. 독일인 부부는 볼로냐는 공산주의자가 많은 도시라고 했다. 볼로냐에서 내린 나는, 시내로 들어가지 않고 모데나까지 간다는 암 전문의의 차를 얻어 탔다.

모데나에서 잠을 자기로 하고 성당을 찾아갔다. 마침 성당 마당을 서성이고 있는 한 신사를 만나 근처에 잠을 잘 수 있는 신학교나 신학원을 아는지 물어 보았다. 그러자 신사는 한순간의 망설임도 없이 자기 집으로 가자고 했다. 얼떨결에 신사의 집에 초대를 받아 간 나는, 그의 가족과 함께 저녁 식사를 하고 좋은 방에서 잠도 잤다. 여러모로 이탈리아 사람들은 그지없이 친절하다.

알프스를 넘어 오스트리아로 _ 8. 25. 수

아침 일찍 길에 나가 차를 잡았지만 적당한 차가 없었다. 그러다가 10시쯤 차를 얻어 탔는데 방향이 맞지 않아 11시까지 짧게 얻어 탔다. 차를 타고 가는 동안 알프스 산맥과 아페니네스 산맥 사이의 광활하고 비옥한 평야가 눈앞에 펼쳐졌다. 그 가운데 포 강(Po River)이 흘렀는데, 양쪽에는 포도밭과 사과 과수원이 들어서 있었다.

11시 조금 지나 남의 추종을 불허하는 나만의 독특한 방법으로 다시 한 번 행운을 잡았다. 미국인 장교와 영국인 부인이 탄 차를 얻어 탄 것이다. 독일로 가는 그들과 함께 하루 내내 달렸다. 미국인 장교는 무척 유쾌한 사람이었는데, 입만 열었다 하면 농담이었다. 우리는 산중에서 폭우를 만나기도 했고, 난 그들에게서 맛있는 점심 대접을 받기도 했다.

오후가 되어 이탈리아 쪽 알프스를 넘어 오스트리아로 들어갔다. 오스트리아는 나라 전체가 아름다운 초록빛으로 뒤덮인 산악 국가였다. 7시쯤 아름다운 휴양 도시인 인스부르크에 도착했다.

미국인 장교와 부인은 북쪽 독일로 가야 했고, 나는 친구 신학생 루디가 살고 있는 잘츠부르크로 가야 했기 때문에 헤어져야 했다. 차에서 내리는데 미국인 장교는 정중히 거절했는데도 지갑 안에 남아 있던 오스트리아 화폐를 모두(약 3달러) 내 손에 쥐여 주었다. 그리고 독일에 오면 꼭 자기 집에 들러 2~3일 묵다 가라고 했다.

차에서 내린 뒤 정말 운 좋게도 5분 만에 오스트리아 구속자 성직수도회의 멋진 방으로 안내받았다.

내 친구 루디의 집 _ 8. 26. 목

잘츠부르크여, 내가 왔노라! 인스브루크에서 겨우 1백20 킬로미터 떨어져 있는 곳인데 하루 종일 네 대의 차를 얻어 탄 끝에 잘츠부르크에 도착했다. 루디의 집이 도심에서 약 16킬로미터 떨어진 곳에 있어 기차를 타고 갔다.

비가 억수같이 쏟아졌다. 루디의 집에 도착했을 때는 밤 9시가 다 되어 갔다. 갑자기 나타난 나를 보고 루디는 무척 놀라면서도 기뻐했다. 루디의 집에는 오토바이를 타고 온 또 다른 벨기에 신학생 클로드도 있었다. 우리는 잡담과 모험담을 서로 나누며 자정까지 이야기꽃을 피웠다.

난생 처음 본 오페라 _ 8. 27. 금

잘츠부르크를 구경했다. 정말 아름다운 도시였다. 루디는 오페라 무료 입장권 두 장을 구해 왔다. 주일에만 입는다는 자신의 최고급 양복과 흰 셔츠를 내게 입히고는 넥타이까지 매어 주었다.

클로드와 나는 오페라에 자주 가는 선택된 사람들 틈에 섞여 극장에서 우리 좌석을 찾아갔다. 오페라는 태어나 처음 보았다. 그렇게 흥분을 느낄 만한 것은 아니었지만 재미는 있었다. 하지만 나는 찬 펩시콜라를 마시면서 텔레비전의 레슬링 게임을 보는 것이 더 재미있을 것 같았다.

캠프에 합류하다 _ 8. 28. 토

저녁 식사로 미국의 애플파이와 비슷한 오스트리아의 독특한 사과 요리 스트르델을 먹었다. 이곳 사람들은 가난해서 고기는 일주일에 한 번 정도밖에 먹지 못한다고 한다. 대신 팬케이크나 프랑스 빵 같은 것을 많이 먹는다고 한다.

루디는 오스트리아 가톨릭 청년 단체의 캠프에 참가하기 위해 산중에 있는 야영장으로 가기로 되어 있다며 우리 두 사람에게도 같이 가자고 했다. 나는 클로드의 오토바이를 타고, 루디는 버스로 갔다.

　산은 험준한데 오토바이는 낡아 산 세 개를 걸어서 넘어야 했다. 아무튼 반은 걷고(오토바이를 끌고) 반은 오토바이를 타면서 정상 부근의 야영장에 도착했다. 산은 아름다웠지만 황량했고 몹시 추웠다.

산속 야영장에서의 하루 _ 8. 29. 주일

마을의 소년 소녀들이 하루 종일 민속 노래를 부르고 춤을 추었다. 놀이를 좋아하는 행복하고 착한 청소년들인 것 같았다. 우리는 시원한 산속을 걸었다.

여행이 끝나가다 _ 8. 30. 월

개학일까지 일주일 남았다. 비엔나가 3백20 킬로미터밖에 떨어져 있지 않아 안드레아 신부님(1년 전 함께 오토바이 여행을 한 신부님)에게 인사차 들르기로 했다. 안드레아 신부님은 방학 동안 비엔나에 머물 것이라고 했다. 야영장을 떠나 잘츠부르크로 가는 버스를 탔다.

안드레아 신부님을 찾아서 _ 8. 31. 화

아침 일찍 루디의 집에서 나와 유럽 일대를 여행 중인 노부부의 차를 얻어 탔다. 덕분에 오후 6시쯤 비엔나에 도착했다. 안드레아 신부님이 계신 곳을 몰라 첫날은 루디가 알려준 친구 집을 찾아가 하룻밤 신세를 졌다. 루디의 친구들은 안드레아 신부님이 있는 곳을 찾기 위해 여기저기 수소문을 했다.

비엔나를 둘러보다 _ 9. 1. 수

안드레아 신부님이 가르멜 수도원에 있다는 사실을 알아내고 아침 식사 후 전차를 타고 수도원을 찾아갔다. 그런데 두 시간 전에 크라즈로 떠나고 없다고 했다. 아뿔싸! 지도를 펴 보니 1백60 킬로미터쯤 떨어진 곳이었다. 토요일까지는 루뱅에 돌아가야 하기 때문에 무작정 신부님을 찾아 크라즈로 갈 수는 없었다. 아쉽지만 다음 기회에 방문하기로 했다.

수사님 한 분이 비엔나 구경을 시켜 주겠다며 따라 나섰다. 수사님과 함께 오전 내내 시내를 둘러보았다. 오후에는 수도원에서 일한다는 한 신자가 안내를 해 주었다. 고성(古城)과 공원, 동물원을 둘러보았다. 수도원에서 하룻밤을 더 보냈다. 수사님들은 나를 마치 자신들의 수도원장처럼 대접했다.

소련 관할 지역에서 히치하이크를 _ 9. 2. 목

도로에서 차를 잡고 있는데 어떤 오스트리아 청년이 다가오더니 어디로 가냐고 물어 보았다. 린즈 쪽으로 간다고 하자 자신도 그쪽으로 가는데 같이 가자고 했다. 그때 경찰차 한 대가 지나갔다. 손을 들었더니 타라고 했다. 하지만 방향을 물어보니 린즈에 못 미쳐 내려야 할 것 같았다.

아무튼 우리는 경찰관의 차를 타고 갔는데 기분이 묘했다. 잠시 뒤 소련군 관할 구역으로 들어가기 직전에 자리한 미군 검문소에 도착했다.

소련군 관할 구역을 통과하는 모든 미국인 자동차는 미군 검문소에서 등록을 하고, 두 시간 안에 그 구역을 통과해야 한다는 규정이 있었다. 만약 소련군 관할 구역을 두 시간 안에 벗어나지 않으면 헌병을 보내 수색을 한다고 했다. 나는 미국인이었지만 내가 타고 있던 차가 오스트리아 경찰관의 차였기 때문에 그 규정을 지킬 이유가 없었다.

잠시 뒤 경찰차는 우리를 소련군 관할 구역 한가운데 내려놓고 떠났다. 오스트리아 청년과 나는 소련군 관할 구역 안에서 점심을 먹었다. 그리고 점심 식사 후에는 얻어 탈 차를 구하느라 계속해서 엄지손가락을 치켜들어야 했다. 아마 나는 소련군 관할 구역에서 최초로 히치하이크를 한 여행자가 될 것이다. 등에 메고 있는 배낭에는 여전히 미국 성조기가 꽂혀 있었다. 잠시 뒤 우리는 린즈로 가는 트럭을 얻어 탈 수 있었다.

저녁 식사를 하는 동안 엄청나게 큰 병에 담긴 맥주를 마셨다. 그리고는 시내 한가운데를 흐르는 다뉴브 강가를 산책했다. 3세기에 만들어진 오래된 도시 린즈는 너무나 아름다웠다.

다시 루뱅으로 _ 9. 3. 금

린즈는 루뱅에서 무려 1천2백80 킬로미터나 떨어져 있다. 내일까지 루뱅으로 돌아가려면 기막히게 운이 좋은 자동차를 얻어 타야 했다.

맨 처음 3명의 펜실베니아 대학생들이 타고 있는 프랑스제 자동차를 얻어 타고 독일의 뮌헨까지 갔다. 대학생들은 무척이나 멋진 미국인들이었다. 가는 동안 많은 이야기를 나누었는데 예의 바르고 친절했다. 독일의 고속도로는 아주 훌륭했다. 가운데 안전지대가 있는 왕복 8차선이었다. 독일의 시골 풍경은 무척 아름다웠다.

두 번째로 얻어 탄 차는 미국 캘리포니아 사람의 차였다. 해가 지기 시작했지만 가능한 밤에도 달려야 했다. 내가 만난 사람 중 가장 친절한 사람이었다. 그의 집은 미국 미네소타 주에 있으며 지금은 뮌헨에서 철의 장막 뒤에 있는 공산국가 사람들에게 하루 20시간씩 자유의 소식을 전하는 방송국에서 일한다고 했다. 그러면서 공산국가들에 대한 이야기를 자세히 들려주었다. 우리가 헤어진 시각은 밤 10시쯤이다. 그는 주소를 적어 주면서 다음에 뮌헨에 들르면 방송국 구경을 오라고 했다.

밤하늘이 너무 아름다워 들판에서 자기로 했다. 나무 아래 적당한 장소를 찾아 잠자리를 잡았다. 15미터쯤 떨어진 도로를 지나는 자동차 소리를 음악 삼아 잠을 잤다. 피곤했는지 깊은 잠을 잘 수 있었다. 침낭은 참 좋은 물건이다. 마치 토스트와 같이 따뜻했다.

무전여행 마지막 날 _ 9. 4. 토

6시에 일어났다. 조금 걸어가자 작은 마을이 나왔다. 배가 너무 고파 눈에 보이는 식당에 들어가 푸짐한 아침 식사를 했다. 그리고 다시 기교를 부리기 위해 길가에 섰다.

젊은 독일인 부부가 타고 있는 차를 얻어 탔다. 내 배낭에는 성조기가 꽂혀 있었는데, 미국인에 대한 독일인의 악감정에도 불구하고 어찌된 셈인지 독일 사람들의 차를 가장 많이 얻어 탄 것 같다.

점심을 먹고 다시 길에 나섰는데, 저 멀리 차를 잡기 위해 길가에 서 있는 젊은 여행자들을 만났다. 모두 6명이었는데 제각기 가는 방향이 달랐다. 내가 가장 마지막 차례였는데도 내가 가고자 하는 방향의 차가 가장 먼저 잡히는 바람에 가장 빨리 차에 올라탈 수 있었다.

가는 도중 무려 7번이나 교통사고 현장을 지나갔다. 어떤 자동차는 나무에 걸쳐 있었고, 어떤 곳에서는 두 사람이 풀밭에 누워 있었는데 살았는지 죽었는지 알 수 없었다.

오후 4시쯤 독일의 쾰른에 도착했다. 약 10년 전인 2차 대전 때 융단폭격으로 완전히 파괴된 도시였는데, 그 흔적이 아직도 곳곳에 남아 있었다. 이 도시 사람들은 엄청난 고통과 전쟁의 공포를 겪었을 것이다.

쾰른 외곽에서 벨기에 국경까지 가는 덜커덩거리는 고물 트럭을 얻어 탔다. 도중에 펑크가 나는 바람에 운전사도 나도 무척 고생을 했다.

벨기에 국경에서는 언젠가 꼭 다시 만나고 싶은 마음씨 좋은 미국인을 만났다. 영국에 있는 가족을 데리러 가는 길이라는 공군 상사였다.

네브라스카에 있는 보이스타운 출신이라고 자신을 소개한 공군 상사는 자신이 보이스타운 입소 16번째 소년이라고 했다. 짧은 시간에 우리는 친한 친구가 되었다. 루뱅까지 태워준 그는 독일에 있는 자기 집에 꼭 놀러 오라면서 주소를 적어 주었다.

30일 동안의 여행이 마침내 마무리되었다.

드디어 신학교에 돌아왔다. 너무 기뻤다. 신학교에 들어선 시각은 밤 11시였다. 모두들 잠들어 있어 살금살금 들어가야 했다.

아주 중요한 통계 숫자를 말해주고 싶다. 나는 30일 동안 무려 6천4백40 킬로미터를 여행했다. 그리고 내가 지출한 비용은 20달러가 채 안 된다. 그런데도 나는 가장 멋진 여름방학을 보냈다고 생각한다.

소 알로이시오 몬시뇰(Rev. Aloysius Schwartz 1930.9.18~1992.3.16)

1930년 9월 18일 미국 워싱턴에서 태어남.

1957년 6월 29일 사제 서품을 받고, 그해 12월 한국에 들어와 부산교구 소속 신부가 됨.

1961년 모금 단체인 한국자선회Korea Relief.Inc를 만듦. 지금은 아시아자선회Asian Relief.Inc로 이름을 바꿈.

1962년 부산 교구 송도 성당 주임신부로 발령 받음.

1963년 가난한 사람들을 위한 손수건 자수 자조 사업을 펼침. 1969년까지 계속된 이 사업에 2천여 명의 가난한 부녀자들이 참여해 큰 혜택을 받음.

1964년 〈마리아수녀회〉를 창설하고, 가족 단위 고아원을 만듦.

1966년 가난한 사람들이 모여 살던 부산 아미동에 무료 진료소를 세움.

1967년 부산 암남동과 보수동에 추가로 무료 진료소 두 곳을 세움. 구호사업에 전념 하기 위해 송도 성당 주임직을 그만둠.

1968년 가난한 사람들을 위한 무료 교육기관인 '아미고등공민학교'를 세움.

1969년 부산시로부터 '행려환자구호소'를 인수해 운영함.

1970년 부산 서구 암남동에 첫 소년의 집 사업을 시작하여 갈 곳 없는 200명의 아이 들에게 안식처와 교육을 제공. 그리고 부산 암남동에 120개 병상 규모의 국 내 최초의 무료병원인 '구호병원'을 세움.

1973년 부산 소년의 집 개원과 동시에 소년의 집 초등학교(1976년, 서울 소년의 집 초등학 교에 병합)를 세움.

1974년 부산 소년의 집 중학교(1999년, 알로이시오 중학교로 교명 바꿈)를 세움.

1975년 서울 소년의 집과 초등학교(1999년, 알로이시오 초등학교로 교명 바꿈)를 세움.

1976년 부산 소년의 집 기계공업고등학교(1999년, 알로이시오 전자기계고등학교로 교명 바꿈) 를 세움.

1981년 부랑인 시설인 '서울시립갱생원'을 위탁받아 운영하기 시작(현재 이 시설은 생 활자의 건강 유형에 따라 부랑인 복지시설, 중증장애자 복지시설, 정신요양 시설로 나뉘어져 있음). 부랑인들에 대한 봉사를 위한 수도회인 '그리스도회' 창설.

1982년 서울 소년의 집 안에 120개 병상 규모의 무료 병원인 '도티기념병원'을 세움.

1985년 소년의 집 사업 필리핀으로 진출.

1986년 필리핀 마닐라 산타 메사 소년의 집과 소녀의 집을 세움(정원:3,500명).

1989년 3년 시한부의 루게릭병 진단을 받음.

1990년	필리핀 세부 딸리사이 소년의 집과 소녀의 집을 세움(정원:3,000명).
1991년	필리핀 카비테 실랑 소년의 집을 세움(정원:3,200명).
	멕시코 찰코 소년의 집과 소녀의 집을 세움(정원:2,100명).
1992년	3월 16일, 마닐라 산타 메사의 소녀의 집 사제관에서 돌아가심. 1990년 교황청으로부터 고위 성직자임을 뜻하는 몬시뇰 칭호를 받은 소 신부는 선종 뒤, 시복시성 후보자로 올라 '하느님의 종'의 칭호를 받음.

마리아
수녀회

마리아수녀회는 소 알로이시오 신부가 선종한 뒤 그 뜻을 이어받아 한국과 필리핀, 멕시코, 과테말라 그리고 브라질에 의료시설과 정규교육 기관을 갖춘 소년의 집과 소녀의 집을 세워 운영하고 있으며, 약 2만 명의 가난한 어린이와 청소년들이 무료 기숙교육을 받고 있다. 현재 마리아수녀회는 소년·소녀의 집 사업 말고도, 무료병원과 노숙자를 위한 보호소와 자활교육 기관, 가난한 사람들을 위한 직업 훈련원, 미혼모 보호시설 등을 운영하면서 가난한 사람들에 대한 그리스도의 사랑을 몸으로 실천하고 있다.

1995년	필리핀 세부 밍라닐라 소년의 집을 세움(정원:2,000명).
1997년	과테말라 소녀의 집(정원:500명)과 가난한 사람들을 위한 마리아의원을 세움.
1998년	멕시코 과달라하라 소년의 집을 세움(정원:2,000명).
2001년	과테말라 소년의 집을 세움(정원:600명).
2002년	브라질 브라질리아 소녀의 집과 마리아의원을 세움.
2004년	필리핀 까비테 실랑 아들라스 소년의 집을 세움(정원:3,200명).
2007년	멕시코 찰코 탁아소와 성인들을 위한 직업 교육실을 세움.
2008년	과테말라 알로이시오 탁아소와 성인들을 위한 직업 교육실을 세움.
2009년	'마리아수녀회 구호병원'을 '알로이시오 기념 병원'으로 이름을 바꿈.
2010년	'서울시립소년의 집'을 '서울특별시 꿈나무 마을'로 이름을 바꿈.
	부산 알로이시오 초등학교를 세움.
2011년	부산 알로이시오 힐링센터를 세움.
	온두라스에서 소년의 집 기공식을 함.
	필리핀 밍라닐니아 마리 도티 기념 진료소가 진료를 시작함.

소 알로이시오 신부의 기도

초판 1쇄 찍음 2013년 7월 1일
초판 1쇄 펴냄 2013년 7월 5일

지은이 소 알로이시오 신부
옮긴이 박우택

펴낸이 김선영
펴낸곳 책으로여는세상

출판등록 제2012-000002호
주소 (우)476-912 경기도 양평군 강상면 서라우길 59
전화 070-4222-9917 | 팩스 0505-917-9917 | E-mail dkahn21@daum.net

ISBN 978-89-93834-16-1 (03840)

책으로여는세상

좋·은·책·이·좋·은·세·상·을·열·어·갑·니·다

이 도서의 국립중앙도서관 출판시도서목록(CIP)은 서지정보유통지원시스템 홈페이지(http://seoji.nl.go.kr)와
국가자료공동목록시스템(http://www.nl.go.kr/kolisnet)에서 이용하실 수 있습니다.(CIP제어번호: CIP2013010078)